KB063478

각자 원하는

달콤한 꿈을 꾸고

내일 또 만나자

각자 원하는

달콤한 꿈을 꾸고

내일 또 만나자

황의정

4

5

프롤로그

우리는 개와 함께 삽니다. 개가 네 마리, 상상조차 해본 적
없는 고양이도 하나. 녀석들과는 어떤 인연이 있었는지
이렇게 같은 지붕 아래 함께 살게 되었습니다. 10년 전쯤
큰 개 한 마리를 배에 태우고 제주로 건너왔는데, 어쩌다
보니 이렇게 대가족이 되었네요. 우리가 타고 가던 돛단배
위에 개들이 올라탄 건지, 개들이 타고 가는 배 위에
우리가 탄 건지, 조금은 헷갈립니다만 오늘도 부지런히
노를 저어 갑니다.

　　제주에 와서 우리는 어떤 임무라도 받은 사람들처럼
개들의 뒤꽁무니를 따라 매일 열심히 산책을 다녔습니다.
하얀 종이처럼 넓고 투명한 섬의 동쪽 끝에서 아름다운
숲과 바다를 다음 생에도 부족하지 않을 만큼 걷고
또 걸었고, 계절이 변하는 소리에 귀 기울이며 하루를
시작하고 있습니다.

　　우리기 처음 왔을 때 제주는 무척 추웠는데 이젠
겨울에도 제법 따뜻한 곳이 되었습니다. 그사이 우리는
공평하게 각자 조금씩 늙었고, 인생은 생각보다
스펙터클해졌지만 어쨌거나 여전히 다 같이 제주의 먼
동쪽에서 잘 지내고 있습니다.

　　개와 함께하는 시간의 한가운데에서 안부를 전합니다.

PART 1
지구의 동쪽, 제주의 동쪽

PART 2
개와 함께하는 시간

PART 3
다시 부는 작은 바람

PART 1

지구의 동쪽, 제주의 동쪽

13

제 주 도 로 갑 니 다

우리도 한때 제주라는 말이 나올 때마다 마치 제주가
아무도 몰래 짝사랑하는 애인이라도 되는 듯 가슴이 뛰던
시절이 있었다. 이미 사랑에 빠졌으므로 언제가 되었든
제주에 오기는 왔을 테지만, 아무리 생각해봐도 두식이가
아니었다면 이렇게 빨리는 아니었을 것이다.

어느 날 남편은 후배 집 인테리어 공사를 맡아 제주도에
내려간다며 집을 나섰다. 사실 서울과 제주를 오가며
해도 됐을 일인데, 그는 그길로 제주에 내려가 한 달이
지나도록 도무지 돌아올 기미가 보이지 않았다. 서울에서
그와 함께 일하던 모든 작업자들도 순차적으로 그를
따라 제주로 내려갔다. 나는 젊은 날의 무전여행 이후로
10여 년 만에 다시, 돌아오지 않는 남편을 만나기 위해
제주행 비행기 티켓을 끊었다. 당시만 해도 제주도라면
천지연폭포나 산방산 등 유명 관광지들을 가던
시절이었는데, 그가 머물고 있던 곳은 제주의 동쪽이었고
이름도 생소한 다랑쉬오름 근처의 한 펜션이었다.
다랑쉬…… 오름…… 생전 처음 들어보는 두 단어에서 알
수 없는 청량감 같은 것이 느껴졌다.
　　도착해서 보니 숙소를 둘러싼 경관은 너무나
이국적이었다. 주변에는 인가가 하나도 없어 창을 열면
탁 트인 하늘이 먼저 눈에 들어왔고 텅 빈 2차선의 차로가
양쪽으로 이어져 있었다. 길가엔 키가 작은 나무들과
이름을 알 수 없는 풀들이 뒤엉켜 있었다. 사람이 들어갈

14

틈 없이 우거진 낮은 숲은 그 길을 따라 계속되었고 길의 끝에는 바다가 맞닿아 있었다. 키 작은 숲도, 푸른 바다와 닿아 경계를 알 수 없는 파란 하늘도 무척 생경해서, 분명 내 눈앞에 실제 풍경이 펼쳐져 있는데 꿈속의 장면을 마주하는 것 같은 희한한 느낌이 들었다.

내가 도착하자 남편은 나를 차에 태워 주변을 다니며 자기가 먼저 발견해놓은 제주의 동쪽을 보여주느라 열심이었다. 그렇게 근처 이곳저곳을 돌아다니던 어느 날 오후였다. 한적한 길을 미끄러지듯 달리다가 우리는 무엇에 이끌렸는지 가던 길을 되돌려 차를 세웠다. 주차장으로 보이는 넓은 땅 위에 나무로 만들어진 좁고 긴 펜스가 하나 서 있었다. 우리는 고개를 갸웃한 채 살펴보다가 림보 게임이라도 하듯 뒤뚱거리며 펜스를 넘었고 뭔가에 홀린 사람들처럼 걸어 들어갔다. 몇 걸음을 걷다 돌아보니 푸른 하늘과 멀리 제주 동쪽의 바다가 우리 뒤에 있었다. 아름다운 풍경으로부터 자꾸만 멀어지는 것 같아 내내 뒤를 돌아보며 그 길을 올랐다. 산이라기에는 낮고 언덕이라기에는 조금 높은 곳에 우리는 멈춰 섰다. 적당히 숨이 차올랐고 바다와 숲의 냄새가 바람에 실려 왔다.

푸른 바다 위에 닻을 내린 범선처럼 떠 있는 우도와 성산일출봉이 짙은 초록의 숲들과 겹겹의 레이어를 이루며 한눈에 들어왔다. 까만 돌담으로 경계 지어진 푸른 초지에는 말과 소가 거닐고 있었고 고개를 돌려 다른 쪽을 내려다보면 옹기종기 집들이 모여 있는 시골 마을의

15

정겨운 풍경도 보였다. 그 모든 것이 360도 빙그르 돌아 한 폭 그림처럼 발아래 펼쳐져 있었다.

위에서 바라보는 제주 동쪽의 자연은 정말 보석처럼 아름다웠다. 당시엔 그곳이 어디였는지 전혀 알지 못했던 우리는, 둥근 지구를 따라 정처 없이 항해하다가 아무도 모르는 새로운 대륙을 발견한 콜럼버스라도 된 듯 흥분했다. 누구에게도 알려주지 말고 우리 둘만 아는 비밀 장소로 간직하자며 두 바보는 그렇게 제주의 매력에 풍덩 빠져들었다. 그리고 서울로 돌아와서 얼마 지나지 않아 유홍준 선생의 『나의 문화유산답사기』 제주편이 출간되었고 서점 매대에 서서 그 책의 첫 장을 펼쳐 읽으며 나는 그곳이 그 유명한 용눈이오름이었다는 걸 알게 되었다.

용눈이오름을 다녀온 후 나는 마음이 한없이 급해졌다. 나는 매사에 두식이에게 지극했다. 용눈이오름을 오르는 동안도 한 걸음 한 걸음 발을 뗄 때마다 이른 새벽 연희동의 뒷산을 오르내리며 눈칫밥을 먹는 나의 큰 개 두식이 생각이 났다. 이곳에 두식이를 데리고 와서 함께 걸어야지. 풀과 나무를 좋아하니까 분명 두식이도 좋아할 거야. 흙에 코를 박고 오랫동안 냄새 맡겠다 해도 혼내지 말아야지. 내가 오름 위에 서서 느낀 이 충만한 자유를 두식이에게도 선물하고 싶었다.

매일 인터넷부동산을 뒤져가며 결국 중산간 마을 한가운데 낡은 집을 얻었다. 집을 손볼 동안 지낼 임시 거처를 구하고 다시 두식이를 데리고 내려갈 채비를 했다.

비행기에 실을 수 있는 대형 켄넬을 준비해서 며칠에 걸쳐
이동 훈련을 하고 비장한 마음으로 공항으로 향했다.

두식이와 내가 함께 제주로 온 첫날, 남편은 후배 집의
마무리 공사가 한창이어서 우리를 용눈이오름
입구까지만 데려다주었다. 나는 두식이를 데리고 천천히
용눈이오름을 올랐다. 꼬리를 힘차게 흔들며 앞서가는
두식이의 엉덩이가 한없이 즐거워 보였다. 지금은 너무
유명한 용눈이오름이지만 당시엔 동쪽으로 오는
관광객이 거의 없던 시절이라 커다란 오름에 두식이와
나뿐이었다. 그날따라 그 흔한 소 한 마리 보이지 않았고
텅 빈 오름은 온전히 우리 둘만 존재하는 다른 세계
같았다.
　　바람이 꽤 많이 부는 날이었는데 오름 정상에 이르자
바람은 더 거세져 몸도 가누기가 힘들 정도가 되었다.
도저히 서 있을 수가 없어 풀밭에 쪼그려 앉았다.
앞서가던 두식이가 걱정돼 고개를 들어 앞을 보니
두식이는 네 발로 힘차게 땅을 딛고 천천히 몸을 움직이고
있었다. 커다란 두 귀는 깃발처럼 펄럭이고 있었고 바람에
몸을 태우고 유영하는 듯, 용눈이오름의 능선을 따라 실려
오는 것들을 모든 감각으로 느끼고 있었다. 마치 왈츠라도
추는 듯 부드럽게 몸을 움직이며 두식이는 정말로 환하게
웃고 있었다.
　　그런 두식이를 보고 있으니 드디어 우리의 제주살이가
시작되었구나 실감이 되었다. 나는 환희에 찬 두식이의
모습을 넋을 놓고 쳐다보다가, 멀리 아름다운 제주 동쪽의

17

풍광을 바라보다가, 바람에 펄럭이는 두식이의 크고
보드라운 귀를 만지며 낮고 작게 말했다.

두식아.
여기는 용눈이오름이야.
우리는 지금 제주도에 와 있어.
이제 여기 살 거야.

20

적당한 동네

연남동집부엌

21

우리가 서울에서 마지막으로 살던 동네는 연남동이었다.
지금의 연남동은 경의선 철길 위로 만들어진 공원에
초록이 가득하고 오밀조밀 예쁜 가게들이 많아서
서울에서 손꼽히는 핫플레이스다. 하지만 우리가 살던
때의 연남동은 오래된 백반집과 술집이 많고 미식가와
애주가에게 인기 있는 곳이라는 정도가 조금 특별할 뿐,
그저 평범하고 소박한 도심 속 변두리 동네였다.

연남동은 우리가 운영하는 가게가 있던 상수동과
가까운 거리여서 두식이를 데리고 출근하는 날이 많았다.
좁은 골목길을 지나며 볼 것도 많고 사람도 적당히 많아서
아직 어린 두식이와 함께하기에는 참 좋은 산책 코스였다.
집을 나와 삼거리슈퍼를 지나면 햇볕 아래에 삼삼오오
모여 앉은 동네 아주머니들과 제일 처음 만난다. 다들
덩치가 큰 두식이를 보며 눈이 휘둥그레져 한마디씩
거들었다.

어휴, 개가 크다. 송아지만 하네.

길 가운데 가로수가 심어진 그 길을 사람들은 화단길이라
불렀다. 봄이 되면 하얗게 차오른 벚꽃이 길 한가운데로
뭉게구름처럼 피어올랐다. 화단 턱에 걸터앉아서
이야기를 나누는 사람들. 고개를 들고 흐드러지게 핀
벚꽃을 한없이 구경하다가 가던 발걸음을 다시 재촉하는
사람들. 벚꽃이 핀 화단길은 도심 속 같지 않게 한적하고
여유로웠다. 봄날의 화단길을 지나 기사식당 골목으로
접어든다. 식당에서 새어 나오는 생선구이와 두부찌개의

22

따끈하고 몽글몽글한 냄새가 골목을 가득 채우고 있다.
두식이는 코를 킁킁거리며 맛있는 냄새를 쫓고 나는 그런
두식이의 뒤를 쫓는다.

뒤로 접혀 포플러 나뭇잎 같은 두 귀를, 포슬포슬한
엉덩이를, 경쾌하게 출렁이는 뭉툭한 꼬리를 보며
두식이를 따라간다. 두식이와 함께 또각또각 연남동
마을길을 걷던 그 시간을 회상하면 무언가 따뜻한 것을
품에 안은 듯 마음이 노곤해진다. 세월이 오래 지났지만
기억은 더욱 선명해진다. 연남동에서의 시간들은 늘
적당한 온도로 내 인생을 데워준다. 수더분하고 따뜻한
연남동에서 우리는 그렇게 한 시절을 즐겁고 힘차게
살았다.

연남동에 살던 마지막 해에는 제주를 오가며 새로운 집
공사를 했다. 가끔 볼일이 있어 서울에 올라오면 집이
가까워지는 골목 초입에 접어들기만 해도 아직 낯선
제주 생활에 긴장되었던 마음이 푸근히 녹아드는 것
같았다. 제주의 집 공사가 거의 다 마무리되어갈 즈음
경의선 도심철도 공사가 끝나고 옛날 철길 위로 만들어진
경의선 숲길 공원도 개장했다. 어디서 그렇게나 나온
건지 수많은 사람들과 강아지들이 공원을 가득 채웠다.
사람들은 연남동의 알짜배기 땅에 만들어진 이 공원을
'연트럴파크'라 불렀다. 새로운 공원이 개장한 연남동은
북적거리기 시작했다. 월세는 점점 올랐다. 하루 건너
하루, 동네의 제일 안자락까지 새로운 가게들이 들어섰다.
오래전부터 마음속으로 준비해왔지만 이젠 정말로

23

완전히 이곳을 떠나야 할 시간이었다. 천천히 이삿짐을
꾸렸다. 마지막 기억을 조금이라도 더 담아두고 싶어서
서울을 떠나 제주로 가는 이번 이사만큼은 우리가 직접
하기로 했다. 이삿짐을 꾸려 차에 실어두고 텅 빈 집에서
조금은 이상한 기분으로 연남동에서의 마지막 밤을
보냈다.

　　제주행 배를 타기 위해 완도로 출발하는 새벽이
되었다. 정든 집과 밤새 수없이 작별 인사를 했지만
정말로 텅 비워진 집을 또 한번 물끄러미 바라보다가
나왔다. 아침저녁으로 오가는 길에 인사를 하며 지내던
이웃 어른이 그 이른 새벽 이삿짐 트럭 앞에 나와
계셨다. 유모차를 지팡이처럼 밀고 다니시던 할머니와
삼거리슈퍼의 아주머니였다. 할머니는 작은 새처럼
앙상하고 굽은 등허리를 최대한 곧게 펴며 빨대를 꽂아둔
커다란 우유 한 팩을 우리에게 건넸다.

　　　　가는 길에 먹어요. 착한 사람들.
　　　　제주도에 가서 부자 되시오.

할머니의 말 한마디에 마음속 깊은 곳이 뜨겁고
뭉클해졌다. 할머니는 늘 우리를 커다란 누런 개를 키우는
젊은 부부로 기억하셨다. 이웃으로 살면서 별로 해드린
것도 없는데 연남동을 떠나는 날 두 분의 배웅을 받게
될 줄이야. 슈퍼 아주머니도 특유의 웃는 얼굴로 자꾸만
주섬주섬 무언가를 담아 내 손에 쥐여주셨다. 우리는
그렇게 선물 같은 배웅을 받으며 정든 연남동을 떠났다.

제주에 도착하자마자 이삿짐을 대충 정리해놓고
귤농사를 하는 친구에게 부탁해 좋은 귤 한 상자를 연남동
삼거리슈퍼 앞으로 보냈다. 휴대전화 번호도 몰라서
지도에서 그 슈퍼의 주소를 찾았다. 택배를 받자마자
아주머니가 전화를 주셨고 떨리는 마음으로 서로의
안부를 나누었다. 한참 전의 일이라 연남동의 마을 가장
안쪽에 있던 작은 슈퍼는 이제 없어졌을 것이다. 단정하던
할머니도 좋은 곳으로 아름다운 여행을 떠나셨으리라.

　　서로의 연락처도 모르는 사이였는데 그렇게 만나고
작별하고 약간의 서운함과 그리움을 안고 살아갈 수
있다는 경험이 지금 생각해도 신기하다. 모든 것이
적당했던 옛날의 연남동이었기 때문에 가능하지
않았으려나 하고 어렴풋이 짐작한다.

　　모든 것이 적당한 곳. 우리에게 연남동은 그런
곳이었다.

25

순희식당

제주도에 집을 구해야겠다고 결심하고 서울로 돌아온 나의 하루 일과는 인터넷부동산을 뒤지는 것으로 시작했다. 매일 새로 나온 매물을 확인하고 마음에 드는 집 주변의 동네를 지도의 로드뷰로 돌아보았다. 몇 달 동안 로드뷰 산책으로 제주 시골 마을 구석구석을 돌아다니며, 카메라의 방향을 따라 꼼꼼히 살펴보았다. 처음엔 좋은 집들을 여유롭게 둘러보고 맘에 드는 집이 있으면 한달음에 내려가 직접 보기도 했다. 그러나 시간이 지날수록 우리의 재정 상태가 그렇게 여유롭지 않다는 것을 깨닫고 예산에 맞는 가격대의 현실적인 집들만 골라 보기 시작했다. 대부분 폐가이거나 진입로가 없어 신축으로는 공사가 불가능한 집들이었다.

우리는 하자보수 필수 및 기타 유의사항이 빼곡히 적힌 집들만 집중적으로 보다가 결국 그중 하나를 골랐다. 제주의 동쪽, 중산간 마을 한가운데 20년이 넘도록 아무도 살지 않아 전기와 수도가 완전히 끊어진 지 오래인. 계약서에 도장을 찍은 날 밤, 꿈에 유령이 말을 걸어와도 이상하지 않을 만큼 누추한 집이었다. 집이 너무 낡아서 입주 후에 공사를 시작할 상황이 아니었고, 일단 공사하는 기간 동안 걸어서 다닐 수 있는 가까운 거리에 싼 임대료로 맘 편히 지낼 수 있는 거처가 필요했다.

그게 순희식당이었다.

순희식당은 단체 관광객들을 대상으로 장사하던

26

동네에서 꽤 잘나가는 식당이었다. 그런데 풍랑주의보가
발효된 어느 날 갑자기 쓰러진 주인할머니가 육지병원을
가지 못해 영영 일어나지 못하게 되었고, 그리하여 식당
문을 닫게 된 곳이었다. 할머니는 야무지고 바지런해서
이 작은 시골 마을에서 평판도 좋았고 입안의 혀처럼
곰살맞게 영감을 보살펴주는 사람이었다고 했다. 그런
마누라를 잊지 못한 할아버지는 할망이 떠난 그날
그곳에서 모든 것을 내려놓은 채로 10여 년 세월을
살아오고 있었다.

　　마을 사람들은 그분을 강 할아범이라고 불렀다. 강
할아범은 너무나 심각한 주당이어서 동네에서 그 노인을
모르는 사람은 없었다. 우리가 임시 거처로 빌린 강
할아범의 순희식당은 꽤 큰 면적이었는데 식당의 간판도
아직 그대로 붙어 있고 식당의 구조도 그대로 남아 있는
빨간 벽돌 건물이었다. 그 집은 동네의 소문난 주당들이
밤낮으로 모여드는 알코올홀릭의 성지 같은 곳이었다.
로드킬로 길가에 버려진 노루가 있으면 그들의 주안상에
거나하게 오르곤 했다. 부인이 죽고 술로 세월을 보내며
순백의 자유와 방임 사이를 자유자재로 오가는 강
할아범의 순희식당은 술을 좋아하는 제주 남자들에게는
해방구 같은 곳이었다.

　　강 할아범에게는 딸과 아들이 있었다. 육지에 있다는
딸은 연락이 끊어진 지 오래였고, 아들은 시에 살았는데
처음엔 가끔 와서 집 주변을 치우곤 하더니 나중엔 신발을
신은 채로 아버지가 있는 방에 들어갔다. 늘 함께 왔지만
손자와 며느리는 차에서 내리지 않았고 아들만이 잠깐

아버지를 보고 꽈배기나 단팥빵 같은 것을 내려놓고 갔다.
그래도 그는 아들이 오면 늘 방 안에서 아들을 맞았다.
그리고 아들 식구들이 돌아가면 동네 술꾼들을 불러 모아
다시 큰 술판을 벌였다.

강 할아범은 대개 취해 있었지만 깨어 있는 시간은
총기가 넘치는 사람이었다. 젊은 날의 무용담을
이야기하는 것을 좋아했고 조경에도 박식해 동네에서
나무박사로 불리기도 했다. 강 할아범은 특히 부동산
시세에 관심이 많았다. 자신의 집과 땅이 평당 얼마
정도를 받을 수 있는지에 늘 촉각을 곤두세우며, 아들과
손자에게 물려줄 거라는 말을 입에 달고 살았다.

그에게는 개도 있었다. 동네 사람 누군가가 버리듯
던져주고 간 갈색 몰티즈였는데 요리조리 도망만 다녀서
우리는 그 개를 '도망이'라고 불렀다. 털은 떡져 있었고
한눈에 봐도 어두운 눈빛은 건강이 심히 염려되는
상태였다. 개는 강 할아범을 좋아했다. 강 할아범도
그 개를 좋아했다. 개를 잡아먹는 일에 눈도 깜짝하지
않는 사람이었지만 도망이만은 며칠씩 보이지 않으면
후박나무 아래에서 기다리곤 했다. 수북이 털에 덮인
도망이의 눈은 술을 마시지 않은 강 할아범의 그것처럼
깊고 차갑게 반짝였다. 둘은 닮은 구석이 있어 보였고
서로의 지근거리 어딘가에서 늘 함께 있었다.

그렇게 자신이 만든 자유로운 랜드에서 영원히 살 것
같던 강 할아범. 어느 날 건강에 문제가 생기기 시작했다.
술을 사러 슈퍼에 가던 강 할아범이 쓰러졌다는 이야기가

들렸고 쇠약해지고 있다는 이야기가 연이어 들렸다.
결국 아들은 아버지를 요양원으로 보냈고 얼마 지나지
않아 거기서 돌아가셨다는 소식도 전해 들을 수 있었다.
그렇게 순희식당의 강 할아범은 어느 날 세상에서 영원히
사라졌다. 강 할아범이 죽자 아들은 그 집을 서둘러
팔았다. 동네 사람들 모두가 시세보다 훨씬 싸게 팔아서
많이 아깝다고 말했다. 집을 산 사람은 어떤 이유에서인지
그냥 둬도 되었을 비교적 멀쩡한 식당과 건물을 먼저
없애버렸다. 그렇게 강 할아범의 세계가 신기루처럼
사라졌다.

　　모든 것이 그와 함께 사라졌지만 마당의 후박나무만은
아직 그대로 남아 있다. 그 나무 앞을 지날 때마다
우리는 강 할아범과 순희식당을 떠올린다. 우리는 처음
제주도에서 집을 짓던 2년 동안 순희식당에서 두식이
다정이와 함께 살았다. 첫해 겨울에는 난방이 되지 않아서
텐트를 치고 전기장판을 깔고 살았고, 두 번째 해에는
식당 안에 딸린 작은 방을 고쳐서 그 안에서 지냈다. 벽
하나를 사이에 두고 온 동네 주당들이 모여 새벽이 올
때까지 방구석 술파티를 벌이는 동안, 나는 밤을 새워가며
비장한 마음으로 나의 첫 책을 썼고, 남편은 우리 생의
첫 번째 집을 지었고, 두식이는 다정이를 업어 키우느라
누구보다 바쁜 나날을 보냈다.

　　순희식당은 우리가 제주도에 와서 처음으로 살았던
집이었다. 신발을 신고 방에 들어가 식은 빵을 놓고
가던 그 아들에게, 무거운 표정으로 그 앞을 지나던
동네 사람들에게, 온 동네의 술꾼들이 모이는 버려진

집 같았을지 모르지만 그때 우리에게는 세상에서 가장
안락한 곳이었다.

세월이 지나 후박나무는 잎이 무성해지고 나뭇등걸도 더
단단해졌다. 떡진 머리의 도망이를 곁에 두고 나무 그늘
아래 의자에 앉아 오가는 차를 망연하게 보던 그의 모습이
선하다. 식당은 추웠지만 격자형 미닫이창을 투과해 깊이
들어오는 오후의 햇살이 참 멋있었는데. 강 할아범이
이제는 조금 더 따뜻한 세상에 가 있기를 기도한다.

31

우리의 우주

어디에 살든 늘 집을 가장 중요한 공간으로 생각하며 살아왔지만 지금 우리에게 집은 예전보다 더 중요해졌다. 우리는 집을 꾸미는 데 사용하는 물건들을 만들어 판다. 어쩌다 보니 우리가 하는 일과 집은 떼려야 뗄 수 없게 되었다. 사실 나와 남편의 집에 대한 취향은 처음부터 잃어버린 조각이라도 찾은 듯 딱 맞았던 것은 아니었다.

나는 결혼하기 전, 멀리 종로타워가 보이는 창덕궁 옆 원서동 빌라의 지붕 아래층에 살고 있었다. 곤궁한 자취생 시절이었지만 돈이 생기면 아낌없이 방을 꾸미는 데 썼다. 밤이면 혼자 음악을 듣거나 무언가를 끄적이며 창덕궁의 뒤뜰에서 불어오는 나무와 풀 냄새를 가까이 맡을 수 있는 그 꼭대기층을 사랑했고 아름드리 은행나무가 깔아놓은 노란 은행잎을 소복소복 밟으며 집으로 돌아가는 길에서 깊은 행복감을 느끼곤 했다.

남편(당시 남자친구)은 남산이 가까이 보이는 경리단 뒷골목의 옥탑방에 살고 있었다. 월세방이었지만 직접 철거 공사를 해 구조를 바꿔놓은 집이었는데 그 낡은 빌라 전체에서 남산이 보이는 집은 그 옥탑방뿐이었다. 주인집에서도 보이지 않는 남산이었는데 어떻게 구조를 바꾼 건지 제일 꼭대기의 그 옥탑에서만 남산이 훤히 보였다. 집에 가득한 살림살이는 대부분 구제 물건들이었고 정돈된 분위기는 전혀 없었지만 (분명 청소를 열심히 했다고 했는데 책상 위에 물건이 산처럼 수북이 쌓여 있었다.) 뭔가 남다른 데가 있었다. 그곳에는 늘 나이가 한두 살 아래인 동생들이 함께 거주하고 있었고, 그들 외에도 많은 손님이 밤낮의 경계 없이 수시로 묶어가곤 했다. 당시의 나로선 전혀 이해할 수도 없고 본 적도 없는 라이프스타일이었지만, 거기엔 분명 내 방에는 없는 자유로운 그루브 같은 것이 있었다.

그렇게 연애하는 동안 우리는 각자의 공간을 오가며 서로의 라이프스타일을 탐색했고 결혼과 함께 두 사람의 취향을 조합한 가게를 시작했다. 그 가게를 중심으로 많은 사람을 만나며 젊은 날들을 보냈고 가게를 둘러싼 공간을 가꾸며 살았다.

개를 좋아하는 사람. 고양이를 좋아하는 사람. 숲을 좋아하는 사람. 바다를 좋아하는 사람.

세상엔 각기 다른 많은 사람들이 함께 살아간다. 결혼하기 전에는 각자의 조그만 행성에 머물러 있다가 함께 한집에서 아웅다웅 살며 우리의 작은 우주를 만들었다. 잠시 출장을 다녀오면 현관문이 채 닫히기도 전에 "아! 집에 왔구나. 역시 우리 집이 최고야!"라는 말이 자연스럽게 나온다. 남편은 예전보다는 정리정돈을 잘하는 아저씨가 되었고 나는 나를 둘러싼 나의 것들로부터 조금(?)은 자유로워졌다. 가끔은 예전처럼 오롯한 혼자의 시간이 그립기도 하지만 나는 지금 꽤 괜찮은 은하에 와 있다고 생각한다. 좋아하는 것을 좇아 지금의 여기까지 왔고 끝이 어딘지는 여전히 알 수 없지만 오늘도 함께 흘러간다. 우리의 우주에서.

34

옛 집

40년 전 직접 집을 지은 아버지는 오래도록 살 집이라
철근을 많이 넣었기 때문에 우리 집이 동네에서 가장
튼튼하다고 우리 집이 최고라고 자랑처럼 말한다. 하지만
엄마는 이제 번잡한 주택 생활은 좀 정리하고 1층에
각종 편의시설이 있는 주상복합 아파트로 이사하고 싶은
열망이 있다. 동네에 이웃으로 지내던 학교 동창들은 모두
새로 지은 아파트로 이사를 갔으나 어떤 이유에서인지
우리 부모님만 이렇게 오랜 세월 그 집을 고수하고 있다.

언니, 오빠와 나는 유년 시절의 대부분을 그 집에서
보냈다. 타지에 나와 생활하는 우리는 이제 명절이 되면
자신의 새로운 가족들까지 데리고 그 집에 모여 엄마가
차려주는 맛있는 음식을 어미닭 곁의 병아리들처럼
둘러앉아 맛있게 먹는다. 엄마는 호호할머니가 다
되었지만 아직 남은 에너지로 어릴 적 우리에게 했던
것처럼 여전히 최선을 다하고, 우리는 엄마가 정성스레
지어준 밥을 배불리 먹고 각자의 집으로 돌아가 나도 한번
열심히 살아봐야겠다고 다짐한다.

내가 태어나고 자란 도시는 대한민국 최초의 계획도시인
창원이다. 내가 아주 어릴 때는 할아버지, 할머니, 삼촌,
고모들이 다 같이 한집에 살았다. 슬레이트 지붕의
낮고 허름한 집이었는데, 집 가운데는 우물펌프가 있는
마당이 있었다. 안채에는 할머니가 남면하숙이라는 큰
하숙집을 했고, 길가로 나 있는 점포에는 할아버지가 하던

문화가구점, 그리고 바로 옆에는 엄마와 고모들이 함께
운영하던 보리밭 다방이 있었다. 삼촌과 고모, 사촌들에
이르는 대가족이 에너지와 유머 감각이 넘치던 할머니를
주축으로 다양한 업종의 벌이를 하며 그곳에서 다 함께
살았다.

하숙집의 손님들은 대부분 도시개발 공사에
참여하기 위해 외지에서 온 노동자들이었다. 끼니때가
되면 집은 하숙 손님들의 식사를 치르느라 늘 북적였고
자글자글하고 달큰한 찌개 냄새가 온 집 안 가득 퍼졌다.
우리는 할머니, 할아버지, 삼촌, 고모의 사랑 속에
그렇게 한데 어우러져 행복한 어린 시절을 보냈다. 물론
내가 너무 어렸을 때라 집에 대한 기억은 할아버지가
카메라로 찍어둔 몇 장의 사진으로 어렴풋이 떠올리는
조각 몇 개 정도가 전부지만 지금도 옛날의 그 집을
생각하면 할머니의 품에서 맡았던 그 콤콤한 냄새만은
이상하리만치 선명하다.

도시개발 사업이 정점에 이르며 대가족이 함께 지내던
오래된 그 집도 결국 개발 대상지로 선정되었고 우리
모두는 정든 그곳을 떠나야 했다. 국가에서는 이주를 해야
하는 원주민들을 위해 새로운 택지개발 예정지 중에 한
곳을 교환토지로 고를 수 있도록 했고, 지금 부모님이
살고 있는 집은 그때 고른 반듯한 땅 위에 다시 지어졌다.

아버지가 새로 집을 짓고 이사를 들어간 초기에는 집
주변이 다 허허벌판이었는데 내가 초등학생 무렵이 되자
동네에는 우리 집과 비슷한 모양의 주택들이 빼곡히

들어찼다. 'ㅅ'자의 박공지붕이 정면으로 보이는 서구적
외형의 2층 주택이었다. 반 친구들 모두 비슷한 모양의
건넛집 혹은 옆집, 뒷집에 살았고 조금 멀다 해도 다음
블록 정도의 거리에 살았다. 나는 바둑판 위에 선을 그은
듯 새롭게 만들어진 동네를 친구들과 자전거를 타고
종횡무진 돌아다니며 무심하고 평온한 어린 시절을
보냈고, 그곳에서 초중고까지 다니며 성장했다. 집은
몇 번의 보수를 거치며 약간 모습이 달라지긴 했지만
부모님은 천성이 부지런하고 철두철미한 사람들이라
철마다 안과 밖을 살뜰히 정돈하며 살아서 집은 아직도
예전의 모습을 대체로 유지하고 있다.

앙 다문 사자의 입에 손잡이가 달린 대문을 열고 들어가면
화강석 타일이 깔린 좁고 긴 마당에서 키 작은 발바리
한 마리가 반갑게 꼬리 쳤다. 화단 한가운데 동백나무가
심어져 있었고 봄이면 울타리엔 개나리가 흐드러졌다.
긴 화단 옆 난간에는 엄마가 애지중지 키우던 화초들이
싱그러운 잎사귀를 펼쳐 집에 오는 손님을 맞아 도열하듯
늘어서 있었는데, 겨울이면 이 화분들을 집 안으로 들이는
일은 우리 집의 연례행사였다. 그럴 때마다 엄마는 2층에
있는 오빠를 큰 소리로 불렀고, 오빠는 직장생활로
바빠지기 시작한 무렵에도 자잘한 마당일들을 군소리 한
번 없이 열심히도 거들었다.
　　집 안으로 들어오면 두껍게 니스가 칠해진 베니어
합판의 벽과 천장이 한눈에 들어왔다. 커다란 몬스테라
넝쿨이 천장까지 닿아 짙은 나무벽과 초록의 조화가

단단하고 아늑했다. 1층은 부모님과 어른들이 생활하는 공간이었고 실내 계단을 통해 연결된 2층은 아이들의 공간이었다. 우리는 주로 2층의 방 두 개를 나누어 썼다. 집안의 맏이였던 오빠가 입시를 준비하는 동안 2층은 성역처럼 울타리가 쳐져 있다가 오빠가 대학에 합격하고 군대를 가고 나서야 언니와 나도 2층으로 올라갈 수 있었다. 당당히 내 방이 주어진 그때를 나는 아직도 그 집에서의 최고의 순간으로 기억한다.

2층 바깥으로 나가면 넓은 발코니가 있다. 엄마는 거기에 장독을 놓고 각종 장을 담았고 해가 좋은 날엔 난간 위에 나물이나 야채를 말리며 앞집 아줌마와 경쾌하고 밝은 목소리로 이야기를 나누곤 했다. 2층 마당 끝에는 철제 원형계단이 지붕으로 연결되어 있었는데 손잡이를 잡고 계단이 만드는 곡선을 따라 빙그르 올라가면 사방이 산으로 둘러쳐진 옴폭한 도시의 풍경이 한눈에 펼쳐졌다. 친구들은 우리 집에 놀러 오면 하나같이 그 계단을 따라 올라가보고 싶어 했다.

원형계단의 손잡이를 꼭 잡고 조심스럽게 옥상으로 올라가 두 팔을 뻗어 아슬아슬 곡예하듯 걸으며 아직 다 채워지지 않은 도시의 야경을 내려다보았다. 지붕의 비스듬한 경사대로 몸을 누이면 머리 위로는 밤하늘의 별들이 쏟아질 듯 가까이 있었는데, 아빠가 지은 튼튼한 집이 등허리를 받쳐주는 그 느낌이 따뜻하고 참 든든했다.

집은 흙과 쇠와 나무로 지어졌지만 사람이 산 세월이 쌓이며 생명을 가진 듯 느껴진다. 사물에 지나친 의인화를

40

하는 순간 신파가 된다는 걸 알지만 부모님이 40년이 넘도록 살고 있는 이 집을 보면 그렇게 하지 않을 방법을 찾는 것이 내겐 더 어렵다. 집 안 구석구석 일어난 많은 일들이 벽돌 하나하나에 각인되어 있는 것 같고, 처마 끝 풍경 속 물고기가 집에서 일어나는 모든 일을 지켜보고 있는 것 같다. 현관과 거실, 부엌과 방, 작은 욕실과 2층으로 이어지는 나무 계단. 2층 발코니에 서서 동네를 내려다보면 촤르르 소리를 내며 돌아가는 구식 영사기 필름처럼 우리 가족의 과거 장면들을 마주한다.

세월이 지날수록 기억은 많아지고 애틋해진다. 세상의 모든 것에는 정해진 시간이 있으므로 나도 언젠간 이 집과 작별을 해야 할 것이다. 부모님도 이젠 꽤 연로해지셨으니 시간이 그렇게 많이 남지 않았음을, 한 눈금씩 그 시간을 향해 다가가고 있다는 것을 집을 바라볼 때마다 느낀다.

길가에 서서 나의 옛집을 바라본다. 새롭게 교체하는 바람에 예전의 위엄은 없어졌지만 사자 얼굴 모양의 손잡이가 달린 대문은 그대로다. 그 위로 집을 다 덮을 듯 엄마가 아끼는 천년초 선인장이 가지를 드리우고 있다. 철마다 꽃을 피우던 동백나무와 노란 열매를 무심히 떨궈주던 모과나무는 이젠 고목이 되었지만 지금의 나보다 훨씬 젊었던 고모와 걸터앉아 함께 사진을 찍던 붉은 벽돌 담장은 여전하다. 모든 기억들이 다시 새롭게 소환된다. 이 집은 나에게 엄마 아빠 같고, 할머니 할아버지 같고, 고모와 삼촌과 우리 삼남매 같다. 그 옆에는 반갑게 꼬리 치던 다롱이와 뽀삐도 늘 함께 있다.

내가 자란 집. 검박한 사람들. 아버지와 엄마가
성실하게 함께 만든 이 작은 우주는 홀씨가 되어 바람을
타고 우리들의 마당으로 날아온다. 다시 서툴게 그 우주가
이어진다. 내가 보고 자란 대로 나도 그렇게 오종종하게
나의 집을 채우며 살아간다. 그렇게 인생은 계속된다.

42

오늘의 집

제주로 이주를 하고 3년 정도 됐을 때였던 것 같다.
어렵게 첫 번째 책을 내고 독자와의 만남을 갖는 행사가
있었다. 나는 직업으로 글을 쓰는 사람도 아니었고 그
방면으로 유명세도 없었으므로 행사에 참여한 사람들의
질문도 제주나 제주에 살고 있는 나에 대한 궁금증이
대부분이었다. 사실 제주 이야기는 책 후반부의 몇 장에
불과했는데 제주살이에 대해 많은 질문을 받아 놀라웠다.
그중 한 독자의 질문은 꽤나 직설적이어서 지금도 정확히
기억이 난다.

제주에 집을 짓고 살려면
얼마 정도가 듭니까?

무슨 부동산에 관한 설명회도 아니었고 그저 평범한
삼십대 후반의 작가가 쓴 에세이집의 판매율 증진을 위해
출판사에서 만든 행사일 뿐이었는데, 그런 질문이 나올
만큼 많은 사람들이 제주에 내려오고 싶어 하던 시기였다.
그리고 지금도 여전히 많은 사람들이 제주에 로망을 갖고
있을 것이다.

우리는 제주로 온 지 이제 10년이 되었다. 지금 우리
집에는 잔디가 깔린 넓은 마당이 있고 마당에는 큰 나무가
있다. 거실 창으로 그 나무와 하늘이 보인다. 담장 밖으로
옆집 마당이 내다보이지도 않고 빨래를 널다가 이웃과

눈이 마주치는 일도 없다. 뒷마당과 앞마당이 따로 있고 옆집과의 거리도 제법 멀어서 조용하다. 한적한 제주도의 내 집에서 내 마당을 누리며 여유롭게 살다 보니 이곳에서 나는 완전히 프라이빗한 인간으로 리셋된 느낌이다.

집을 짓는 데는 2년 정도가 걸렸다. 당시 우리는 자금 사정이 여유롭지 못했고 딱히 원조를 받을 곳도 없어서 제주와 육지를 오가며 일을 해서 번 돈으로 그때그때 바닥을 메우고 보일러를 깔고 지붕을 얹었다. 전문 작업자들이 필요한 공정을 제외하면 대부분 남편이 직접 했고 나도 곁에서 자잘한 일들을 거들었다. 큰 도움은 되지 않았지만 두식이도 늘 나뭇가지나 들통 같은 걸 입에 물고 우리 뒤를 따라다녔다. 마당은 말 그대로 자갈밭이어서 동네 이웃들의 뒷밭에 심어진 작은 묘목들을 얻어 와 나무 한 그루 풀 한 포기 모두 우리 손으로 심었다.

동네 한가운데 수십 년 동안 버려져 있던 이곳에는 비교적 멀쩡한 안거리 안채 와 다 쓰러져가는 밖거리 바깥채 와 까맣고 커다란 현무암을 쌓아 지은 큰 쇠막 외양간 이 있었다. 건물들이 마주 보는 'ㅁ'자 마당은 해가 닿지 않아 모서리마다 이끼가 가득 끼어 있었다. 우리는 해가 드는 방향을 따라 안거리와 밖거리를 모두 없애고 쇠막을 중심으로 집을 고치기로 했다. 아침저녁으로 오가며 집 공사에 대해 훈수를 두던 동네 사람들은 그런 우리를 보며 고개를 갸웃거렸다. 멀쩡하던 안거리를 없애고 폐허에 가까운 쇠막을 집으로 쓰겠다는 우리를 이해할 수 없다는

44

눈치였다.

큰 돌을 쌓아 올린 쇠막은 사람의 손으로 지은 제주 전통 가옥의 옛 모습이 그대로 남아 있어서 투박하지만 자연스러운 매력이 있었다. 쌓여 있던 폐기물들을 내다버리고 낡은 슬레이트와 서까래를 걷어내고 나니 집은 마치 고대 도시의 유물처럼 돌벽만 덩그러니 남아 있는 상태가 되었다. 어쨌거나 우리는 누군가의 손이 닿은 그 느낌이 좋아 힘든 길이 될 걸 알면서도 더디지만 한 걸음씩 나아가기로 했다.

바닥 기초공사를 마치고 제주에서 소개받은 미장 팀에게 외벽 미장을 부탁해놓고 공사에 필요한 자재를 사러 시내에 들렀다 돌아왔는데, 돌벽의 모습은 온데간데없고 집 전체가 새집처럼 미끈하게 시멘트가 발라져 있었다. 제주의 돌집이 좋아서 그 벽만은 꼭 살리고 싶었는데 생각지도 못한 일이었다. 단단히 일러두지 않은 우리의 잘못이었다. 이미 시멘트로 덮인 벽을 다시 깨어 부술 수는 없는 노릇이었다. 아쉬운 대로 내부에 조금 남은 돌벽만은 살리기로 했다. 고민 끝에 돌과 돌 사이의 공간에 핸디코트를 발라 조금씩 면을 정리하기 시작했는데 지난한 작업이었지만 손이 닿을수록 정돈되는 맛이 있어 욕심이 났다. 나는 한동안 아침에 눈을 떠서 해가 질 때까지 조금 남은 돌벽에 붙은 채로 하루를 보냈다. 한 달 정도 그렇게 시간을 보내고 나니 까맣고 큰 돌이 박혀 있던 투박한 벽이 하얗고 말캉거리는 콩떡 같은 모습이 되었다.

　　일반적인 형태가 아니다 보니 가구를 벽쪽에 붙일
수도 없었고 그림을 걸 수도 없다. 가급적 비워야 했다.
이왕 이렇게 됐으니 천장의 보조 조명을 벽으로 비추어
스포트라이트를 받게 했다. 현관문을 열고 집으로
들어오면 하얀 콩떡 같은 벽이 한눈에 들어온다. 현무암이
박힌 모양대로 여러 형태가 자연스럽게 드러나 있다. 맑은
날 창으로 햇빛이 쏟아져 들어오면 섬 위에 둥실 떠 있는
것 같기도 하다. 오랜 고민거리였던 벽은 내가 사는 이
섬처럼 알 수 없는 오묘함이 있다. 거칠었던 돌벽이 이
집의 주인공이 되었다.

직접 지은 집에 산다는 것은 다른 세계를 경험하게 했다.
문을 열고 들어오면 한눈에 들어오는 집을 볼 때마다
원하는 것을 어떻게든 해보려고 안간힘을 쓰던 시간이
떠오른다. 우리는 이 집을 짓기 위해 우리의 시간을
한없이 썼다. 누군가 쌓아 올려놓은 거친 돌벽 위에
우리의 노력과 시간을 더했는데 모든 과정이 지층처럼
쌓여서 이렇게 빛이 나다니. 집을 짓느라 고생도 무지하게
했지만 우리는 젊었으므로 다 괜찮았다.
　　집은 사는 사람의 취향을 그대로 담고 있다. 그
안에는 저마다의 세계가 담겨 있고, 사는 사람들의 크고
작은 마음이 곳곳에 놓여 있다. 얼기설기 지은 집이지만
꽤 우리답게 완성된 모습이라 맘에 든다. 집을 둘러싼
구석구석 모든 것들이 우리 두 사람을 보는 것 같아 봐도
봐도 신기하다.

그날 제주에 집을 짓고 살려면 얼마가 드냐고 묻던
그분에게 내가 했던 답은 잘 기억나지 않는다. 횡설수설
어정쩡한 대답을 했던 것 같다. 지금 생각해보면, 퍼뜩
돈으로 환산할 수 없어서 빠르고 정확히 대답할 수 없었던
게 아니었을까 싶기도 하다. 오래전 일이지만 도움이 되는
답을 못해드려 송구스럽다. 하지만 어쩌면 그분도 이미
제주 어딘가에 내려와 우리보다 훨씬 좋은 오늘의 집에서
행복하게 살고 계실는지도 모르겠다.

47

마을길을 걷는다

우리가 처음 이 마을에 이사를 왔을 때 동네에 상점이라곤
사거리의 오래된 슈퍼 하나뿐이었다. 낡은 새시 문을 열고
들어가면 비둘기색 철제 선반 위에 국수와 빵, 새우깡과
깡통 골뱅이, 각 비누와 노지(露地)소주 _{냉장고 밖 상온에 두어}
_{미지근한 상태에서 마시는 소주} 같은 것들이 듬성듬성 진열되어
있었는데 사람들은 그 가게를 할망네 사거리슈퍼라
불렀다. 동네 사람들이 자주 찾는 물건들만 있어서
슈퍼라기보다는 마을 생필품 가게 같은 곳이었다.

　　모든 물건은 제품 포장지 뒷면에 표시된 정가 그대로
판매되었고 필요한 물건이 식품이라면 유통기한은
반드시 스스로 확인하고 사야 했다. 안쪽에는
주인할머니가 생활하는 작은 방이 하나 있었는데 그
방에는 늘 동네 할망들 서넛이 모여 앉아 고스톱을 치며
전혀 알아들을 수 없는 상급 제주어로 동네의 이런저런
얘기들을 나누곤 했다.

동네에서 유일한 상점인 이 할망네 슈퍼도 저녁
7시쯤이면 문을 닫는다. 혹 그 시간이 지나 뭔가 급히
사야 할 것이 있을 때는 "할머니~" 하고 부르며 문을
두드리면 상점 저 안쪽에서 파자마 차림의 할머니가
비틀비틀 걸어 나와 문을 열어주었다. 밖에서 아무리
불러도 듣지 못할 만큼 할머니가 깊이 잠들면 슈퍼는
완전히 문을 닫는다. 먼바다 위의 등대처럼 켜져 있던
할망 슈퍼의 낡은 불빛마저 꺼지면 사거리는 완전한

어둠에 잠긴다.

　　사방이 빈틈도 없이 까맣다. 어둠도 아름답다.
도시에 사는 동안 완전히 소등된 밤을 경험한 적이 없었기
때문에 어두운 사거리를 보는 것은 깊이를 가늠할 수 없는
바다를 내려다보는 것 같았다. 어둡고 텅 빈 마을길을
걸어 집으로 돌아온다. 터벅터벅 발이 땅에 닿을 때마다
공을 튕겨 올려 벽돌을 깨는 오락 게임이라도 하듯 퉁 퉁
뜬금없는 질문들이 머릿속에 공백을 울린다.

　　　　　이곳은 어디일까?
　　　나는 어째서, 왜, 여기에 있지?

끝이 보이지 않는 깊고 까만 어둠을 응시하며 길을 걷다가
집 앞 가로등의 노란 불빛이 시야에 들어오기 시작하면
그제야 지금 이 순간이 그저 어제와 같은 평범한 저녁일
뿐이라는 것에 안도한다.

이것도 꽤 오래전의 일이다. 슈퍼는 없어졌고 그 자리엔
몇 개의 가게가 문을 열었다 닫았다가 지금은 작은
부동산이 들어왔다. 낡은 상점에서 새어 나오는 작고
희뿌연 빛이 전부였던 그 길에 꽤 많은 가게들이 생겼고
가로등도 있어서 이젠 밤이 되어도 예전처럼 어둡지 않다.
몇 년 새 이 작은 시골 마을에 편의점만 세 개가 생겼다.
첩첩산중의 오지마을이었는데 이젠 꽤나 번화해졌다.
새로운 가게들이 좀 생겼지만 도시처럼 불야성을 이루는
것도 아니고 일단 밤이 너무 어둡고 고독하지 않으니

이 정도의 밀도라면 아직은 괜찮다며 나는 만족해한다. 마을길을 따라 촘촘히 가게들이 이어져 있다. 카페, 식당, 술집, 사진관, 소품 가게, 편의점. 가게들은 낮은 낮대로 밤은 밤대로 선명하게 보인다. 모두 허름한 단층의 시골집이지만 저마다 색깔이 다르고, 바깥의 모습도 그 안을 채우고 있는 것들도 오롯이 그 가게 주인장의 모습을 똑 닮았다.

가게 안쪽까지 해가 길게 비치는 오후 시간이 되면 마을길을 따라 늘어선 작은 가게들이 하나하나 반짝인다. 맑고 푸른 시냇물 아래 조약돌처럼 작게 일렁인다. 물속의 작은 송사리라도 찾는 듯 그 안을 유심히 들여다보는 관광객들의 눈빛이 꽤나 진지하다.

　　마을길을 걷는다. 커피를 마시고 밥을 먹고 쇼핑을 하고 가게들을 구경한다. 나도 가방 하나 달랑 들고 떠나온 여행자가 되어 가벼운 마음으로 걸어본다. 여름이 가깝다. 단풍나무의 투명한 초록 잎이 가지를 빼곡히 채우고 구실잣밤나무의 미끄러운 향이 코끝을 간지럽힌다. 나의 출퇴근길은 이렇게 아름답다. 슬며시 입꼬리가 올라간다. 내가 이런 곳에 살고 있다니. 나도 모르게 가슴이 펴지며 어깨가 으쓱 올라간다.

숲의식물원 •
뿌리안열매 •
BUS STATION •
송당로터리

52

계절을 알리는 소리

봄이 오기 전에는 바람이 분다. 바람은 세차지만 차가운 속심지가 없다. 겨우내 묵은 가지와 마른 잎들이 우수수 떨어진다. 바람이 모이는 길 모퉁이마다 잔가지들이 수북이 쌓인다. 낮밤도 없이 불던 바람이 일순간 뚝 하고 멎으면 할망들이 하나둘 나와 제 방을 쓸듯 마당과 집 주변을 정성껏 쓸어낸다.

마을길이 다시 말끔해진다. 묵은 가지를 털어낸 나무에서 새로운 초록이 돋아나고 마른 땅에서 겨울 이끼의 새싹이 올라온다. 밤하늘은 티끌 하나 없이 맑아지고 선선한 밤 공기에 싱그러운 풀냄새가 묻어난다. 바람이 멎었다. 봄이 온다. 제주에서 바람은 봄의 전령이다.

내내 움츠려 있던 겨울이 완연히 걷히고 '오늘부로 제주는 봄이야.' 하고 선언하는 듯한 날이 있다. 아침부터 난데없이 새들이 큰 소리로 노래하기 시작하고 햇살은 부서질 듯 선명해진다. 사람들은 옷소매를 걷고 두꺼운 웃옷을 한 손에 들고 다닌다. 봄은 그렇게 어느 날 갑자기 시작된다.

날씨가 따뜻해지고 분명 봄이 완연하다 싶었는데 문득 비가 내리기 시작한다. 비는 하루종일 계속된다. 고사리 장마다. 고사리의 새순이 올라오는 동안 내리는 짧은 비의 계절을 제주에선 고사리 장마라 부른다. 아침에는 해가 쨍했는데 짙은 구름이 머리 위로 드리우더니 어느 순간

사방이 어두워지고 비는 장대가 되어 퍼붓는다. 물속에 들어앉은 듯 습도가 높아지고 나무와 풀들이 땅으로 푹 가라앉는다. 물기를 머금을 수 있는 세상의 모든 것이 다 함께 척척해져서 텀벙텀벙 헤엄을 친다.

고사리 장마가 끝나고 비바람이 걷히면 진짜 봄이 온다. 장마 끝의 고사리 숲은 더 무성해졌다. 고개를 들어 하늘을 올려다보면 밝은 햇살에 비친 새로운 초록과 묵은 초록들이 투명한 교집합을 이룬다. 아무도 없는, 한 번도 가본 적 없는 깊은 숲으로 고사리의 손짓을 따라 조심스레 걸어 들어간다. 바스락 소리에 고개를 들어 뒤돌아보다가 노루의 까만 눈과 마주한다. 안녕 하고 말을 걸면 포롱포롱 달아나는, 믿을 수 없이 새하얀 엉덩이를 보며 넋을 잃고 멈춰 허공을 보다가 다시 허리를 숙여 고사리를 딴다.

똑 똑 똑. 고사리 끊는 소리가 숲의 고요를 깬다.
봄볕에 등허리가 금세 따뜻해진다.

55

토 마 토 의 계 절

토마토 모종은 늦게 살수록 이득이다. 더 큰 모종이 나올
때까지 꾹 참고 기다렸다가 장에서 제일 튼실한 모종을 사서
심는다. 여리여리하던 줄기에 힘이 솟아오르고 단단하게
땅에 뿌리를 내리면 가지 사이로 곁순이 나온다. 토마토는
곁순을 잘 솎아주어야 크고 곧게 자라는데 토마토 모종을
텃밭에 심어놓고 제일 먼저 해야 하는 일도, 가장 중요한
일도, 이 곁순을 정리해주는 일이다. 곁순 치기를 위해 밭에
들어가 모종과 모종 사이에 쪼그려 앉는다.

   토마토 이파리에 옷깃이 닿기만 해도 짙고 푸른
토마토의 향이 사방으로 진동한다. 보드랍고 작은 새순들을
손끝으로 정성스럽게 끊어내며 코앞까지 온 여름을
생각한다. 곁순을 쳐내고 태풍에도 흔들리지 않도록
지주대를 만들어주고 나면 토마토는 그야말로 한여름
땅의 힘으로 자라기 시작한다. 키가 크게 자라기 때문에
웬만한 잡초도 토마토를 넘지 못한다. 이젠 무성해지는
푸른 토마토의 숲을 구경하다가 열매가 빨갛고 몰캉해지기
시작하면 부지런히 따 먹기만 하면 된다.

서울에 사는 동안 나는 늘 텃밭에 대한 꿈을 꾸었다.
흙마당이 없으면 기다란 플라스틱 화분을 사서 상추나
고추 등을 어설프게 키웠고, 조그맣게라도 화단이 있는
집이라면 주저 없이 뭐든 심었다. 제주에 와서는 노트를
꺼내놓고 본격적으로 텃밭을 그렸다. 구획을 나누어
철마다 새로운 작물을 심고 계절이 바뀔 때마다 광주리

가득 수확물을 거두어 담을, 작지만 소박한 나만의
텃밭을 만드는 꿈에 한껏 부풀어 있었다. 제주는 흙이
좋다. 서울에서처럼 택배로 배양토를 배달시키지 않아도
어디든 까만 흙이 지천이다. 까만 흙을 한 삽 푹 떠서
화분에 담아 대충 심어놓으면 뭐든 무럭무럭 잘도 자란다.
비가 많은데 땅의 배수도 좋고 일조량도 남다른 곳이라
모든 식물의 생장 속도가 육지에서와는 비교할 수 없이
빠르다. 마음만 먹으면 뭐든 심어 기를 수 있을 거라는
자신감이 치솟을 만한 환경이다.

　그런 이유로 나는 그동안 꿈꾸어왔던 텃밭에 대한
갈망을 제주에서라면 쉽게 이룰 수 있을 줄 알았다.
처음 제주에 와서 한동안은 열심히 모종을 사다가 밭에
심었다. 이랑을 만들고 이름표를 붙여 구획을 나누어가며
살뜰하게 밭을 가꾸었다. 그러나 나는 두어 해 정도 텃밭
경작을 해보다가 더 이상 하지 않겠다며 호미 자루를
내던졌다. 씨앗을 심고 싹을 틔우고 연한 초록의 새잎이
나오고 작물들이 제법 단단하게 자기 자리를 잡을 즈음
잡초는 내가 심어놓은 소중한 작물들보다 훨씬 더 빠른
속도로 성장했다. 조그만 텃밭을 가꾸겠다고 매번 약을 칠
수도 없는 노릇이었고 반나절 쭈그려 앉아 잡초를 뽑으면
온몸이 쑤셔서 하루 저녁은 드러누워 있어야 했다.

　여름의 정점에 이르면 잡초의 기세는 하늘을 찌른다.
무엇이 잡초인지 무엇이 작물인지 분간하기 어려워진다.
여름이 깊어가면 잡초에 모기까지 합세한다. 두 손 두 발
다 들었다. 텃밭만 지키고 살 수 없는 내 형편에는 작은
사이즈의 텃밭도 무리라는 것을 차츰 깨달았다. 마트에서

언제나 그리운, 여름의 맛!

사다 먹는 쪽이 훨씬 싸다는 결론에 이르렀고 정말로
시간적 여유가 나기 전까지는 텃밭은 만들지 않기로 굳게
마음을 먹었다.

하지만 봄이 되어 오일장에 마실이라도 나가는 날은
반드시 무언가를 사게 되어 있다. 새로운 모종들이
초입부터 일렬로 늘어서서 '올봄엔 날 좀 심어보는 게
어때?' 하고 유혹한다. 그래도 절대 심지 않을 거라
마음을 다잡고 모퉁이를 돌아서면 또 다른 모종들이 줄을
서서 반짝이며 '조금이라도 심지그래?' 하고 다시 말을
건다. 외면해보려 해도 도저히 안 되는 것들이 있다.

　　그래 조금만 심자. 다만 심각하지 않게. 그래서 별다른
손길 없이도 잘 자라는 토마토를 심기로 했다. 태풍에도 잘
견디고 서리가 내리기 전까지는 오래도록 열매를 따 먹을
수 있으니 토마토 정도는 심어도 좋을 것이다. 작은 모종이
쑥쑥 자라 꽤 큰 덤불을 이루는 것을 보고 있으면 생명력이
느껴지고 무성해진 초록잎 사이로 주렁주렁 열리는
토마토의 빨간 열매는 관상용이라 해도 손색이 없으니.

　　그리고 무엇보다 두식이가 토마토를 좋아한다.
두식이는 늘 배가 고프기 때문에 그나마 얻어먹을 수
있는 것들, 자기에게도 기회가 주어지는 몇 가지 과일이나
야채는 형태와 냄새로 정확하게 알고 있다. 우리가 뭔가를
먹으면 '나도 나도!' 당당하게 코를 킁킁댈 수 있는 것 중
하나가 이 토마토다. 토마토는 향이 짙기 때문에 어쩌면
모종의 냄새만으로 그게 토마토인지 아는지도 모르겠다.
한여름이 되면 시키지도 않았는데 자꾸만 밭으로 간다.

처음 열매가 열리기 시작할 즈음 그 자리에서 토마토 한
알을 따서 던져주면 놓치지 않고 정확하게 받아먹는다.
스트라이크! 밭에서 바로 따 먹는 토마토는 더 달고
맛있다는 것도 아는 것 같다.

　　토마토 가지가 넝쿨을 이뤄 무성해지는 늦여름쯤이면
두식이를 찾아 토마토 숲으로 간다. 고개를 파묻고
토마토 따 먹기 삼매경인 모습이 꽤 귀엽다. 사람과 함께
사는 무료한 개의 일상에 의외의 할 일이 하나 생긴
것 같아 나도 덩달아 기분이 좋아진다. 그런 두식이를
보며 이만하면 역시 토마토는 실보다 득이 월등히 많은
작물이라 생각한다. 명백히 매년 심을 만하다.

언젠가 너무 바빠 그 토마토조차 심을 겨를이 없어서 한
해 거른 적이 있었는데 두식이가 산책 나가는 길목의
앞집 텃밭에서 킁킁 냄새를 맡는가 싶더니 이내 멈춰
섰다. 커다랗고 빨간 토마토가 주렁주렁 열려 있다. '이거
이거 토마토잖아!' 토마토를 알아차린 두식이가 발걸음을
멈추고 다시 걸음을 떼지 못한다. 커다란 눈에서 눈물을
주르륵 흘릴 것처럼 애타는 눈빛으로 실한 토마토를 본다.
토마토를 한 번 보고 나를 한 번 본다. '엄마, 올해는 우리
토마토 왜 안 심었어?' 말하는 깃 같다.

　　미안. 그건 우리 토마토가 아니야. 엄마가 내년엔 꼭
심을게, 두식아. 약속.

여름이 깊다. 토마토의 계절이다.

60

각자 원하는 달콤한 꿈을 꾸고
내일 또 만나자

62

우리는 아이가 없는 16년 차 부부다. 결혼하고 2년쯤
후부터 우리와 함께해온 자식 같은 개 두식이는 이제
호호백발의 할아버지가 되었다. 두식이에게 나는 엄마,
남편은 아빠다. 연세가 지긋한 어른들은 무릎을 탁 치며
무척 안타까워하신다. 아이 낳아 키우느라 전쟁 같은
세월을 보냈을 내 또래들과는 전혀 다른 삶을 살고
있는지도 모르겠다. 결혼을 하고 출산을 하고 그 아이가
자라 학부형이 되었더라면 유사한 경험이 공감대를
형성했을 터인데 개와 함께 살아온 우리는 같은 시간대의
그들과는 전혀 다른 시간을 살고 있을 것이다. 하지만
우리는 그저 그들과는 조금 다른 모양의 시간을 지나고
있다고 생각한다.

　　서론이 조금 길어졌지만 어쨌거나 우리는 개와 함께
산다. 두식이와 두식이가 사랑하는 다정이는 이제 나이가
꽤 많아 거실의 소파를 차지하고 있고 야무지게 우리 집
문을 열고 들어온 고양이 미요는 침대 한가운데서 우리와
함께 잔다. 심각한 부상을 입고도 필사의 생존력으로
대문을 걸어 들어온 덕천이와 아슬아슬하게 막차에
탑승한 슬기는 집과 연결되어 실내와 실외의 중간지대인
테라스에 살고 있다. 우리 집 지붕 아래는 이렇게 털옷을
입은 식구 다섯이 우리와 함께 살고 있다.

이렇게 많은 개와 함께하는 삶의 가장 큰 어려움은
무엇이었을까? 하고 스스로 질문해본다. 주저 없이
'단연 1순위는 털'이라고 대답한다. 개와 꽤 오랜 시간을
함께 살았지만 이 털은 나도 어쩔 수가 없었다. 개,

특히 큰 개들의 털은 상상을 초월한다. 고양이 한두 마리와는 비교조차 할 수 없는 대규모 털과의 전쟁이 매일 펼쳐진다. 청소기는 무선보다는 유선을 선호한다. 아침마다 청소를 하고 먼지를 털어내는 데 한 시간이 꼬박 걸린다. 소파는 검정색 가죽, 가구는 하이그로시 계열이라면 청소의 많은 과정이 조금은 간단해질 수도 있겠지만 동물과 함께 산다고 해서 집 안 곳곳의 멋을 포기할 순 없다. 결국 두세 배의 번거로움을 감수하고 소파에는 패브릭 러너를 얹고 바닥엔 카펫을 깐다.

청소를 끝내고 하루의 시작을 위한 정돈을 마치면 잠시 마당에 나가 있던 개들이 다시 집 안으로 들어와 각자의 털을 속사포처럼 신나게 뿜어댄다. 다시 털은 양말에도 붙고 옷에도 붙고 아침 햇살이 비치는 식탁 위에도 살포시 내려앉는다. 겨울이면 점잖은 모직코트를 한 벌쯤 장만해 단정하게 입고 다니고 싶지만 매일 패딩이나 폴리에스터 소재의 옷만 사게 된다. 털을 떼어 내는 돌돌이는 하루에도 몇 번이나 애타게 찾아대고 없어서는 안 되는 필수품이 되었다.

분명 불편한 점은 있지만 사람과 개가 한집에 사는 데 절대적 문제는 없다. 개와 함께 살면 전혀 다른 세상 하나가 열린다. 개와 사는 시간이 쌓이며 그 세상에 익숙해진다. 개는 고양이와 달리 능청스러운 유머가 있다. 원하는 것을 얻어내기 위해 눈 깜짝할 시간에 코앞까지 와 드러눕는데, 의뭉한 눈빛을 보내다가 미소 띤 얼굴로 꼬리 치며 다가오면 웬만해선 불가항력이다.

타닥타닥 발톱을 부딪치며 혼자 집 안을 걸어 다니는
소리, 찹찹찹 물을 마시는 소리, 그리고 바닥에 드러누워
꼬리를 툭 흔들며 내는 뭉툭한 소리를 듣는다. 그 소리에
인간은 안정감을 느끼며 미소 짓는다. 대부분의 사람들이
개 하면 제일 먼저 떠올리는 컹컹 짖는 소리 이외에도
사람과 함께 사는 개들은 정말 다양한 소리로 인간에게
존재감을 각인시키고 거리를 좁혀온다. 이들의 움직임에
따라 집 안에서 만들어지는 소소한 소리들이 일상의
소음과 어우러지고, 이런 매일이 반복되면서 인간은 점차
개와 사는 삶에 익숙해진다.

특히 사람과 함께 집 안에 사는 개는 사람 같은 표정을
지으며 사람처럼 늙어간다. 늙은 개가 소파에서 파묻히듯
누워 코를 고는 모습을 보거나 뿌웅 하고 방구를 뀌고서
눈을 껌벅이며 모른 척하는 걸 보면 할 말을 잃게 된다.
개와 함께 살아온 대부분의 사람들은 "으이그." 하고
말하면서도 귀찮은 온갖 일들을 개를 위해서 척척 잘도
해낸다. 개가 리드 줄을 발밑에 물어다 내려놓고 하염없는
눈빛을 보내면 아무리 추운 날이라 해도 파자마에 겉옷을
대충 껴입고 현관을 나서야 하는 것이 개와 함께 사는
인간의 운명이다.

이렇게 많은 것들을 늘어놓았지만 개와 함께 사는
사람들에게 최대의 난관은 털도 매일 반복해야 하는
산책도 아니다. 문제는 인간과 개의 생물학적 시속이
애초부터 다르다는 것이다. 개는 에너지가 넘치고 인간이
가지지 못한 특별한 재능도 많은데 어째서인지 인간보다

65

훨씬 짧게 살도록 세팅되어 있다. 보송보송한 강아지의 시기가 지나고 어린 시절부터 해온 루틴들이 자리를 잡아 안정기에 접어들면 사람과 개는 수평적으로 늙어간다. 누가 더 빨리 늙는지 분간하기가 어려울 정도로 사이좋게 나이가 들어간다.

6~7세 정도의 건장한 나이가 되면 작은 바람도 일지 않는 평온한 날들이 계속된다. 함께 수영도 하고 달리기도 하고 이때는 그야말로 개와 함께하는 시간 전체에서 황금기에 해당된다. 사람의 언어도 척척 알아듣고 사랑도 충만해서 서로의 시그널이 최대치의 합을 이루는데, 애석하게도 이 시간이 너무너무 짧다. 그리고 10살이 지나서부터 개는 빠른 속도로 사람을 앞서 늙어간다. 노년기에 접어들면 평균 수명을 채우기 위해 매일의 노력으로 건강과 사투를 벌여야 한다. 영양제와 규칙적인 산책과 좋은 먹을거리로 바리케이드를 쳐놓고 아무리 정진하듯 살아도 빠른 속도의 늙음 앞에 결국 그 방어막은 무너지게 되어 있다. 그 모든 노력은 최대한 지금과 비슷하게 유지할 수 있지 않을까 하는 바람에 작은 도움 또는 믿음이 될 뿐이다.

어느 날 갑자기 강아지 때의 행동들이 정확하게 반사되어 늙은 개에게 다시 나타난다. 말없이 떼를 쓰고 예전만큼 잘 기다려주지 않고 작은 것에도 조바심을 내고 잘 해오던 모든 일에 서툴러진다. 그런 모습이 마냥 귀여워야 하는데 그저 해맑던 어린 강아지의 눈빛이 아니라 깊고 그윽한 늙은 눈이어서 마주 대할 때마다 애잔하다.

나이 든 개들의 작은 변화에 나는 예민해진다. 개가 움찔하면 나는 철렁한다. 예전에 없던 저녁 무렵의 뒤척임과 방황은 노환일까. 그저 단순한 배고픔일까. 개는 사람처럼 '요즘 속이 좀 안 좋네요.' '치과에 갈 때가 된 것 같아요.' 같은 디테일한 소통이 되지 않으므로 하나부터 열까지 눈빛과 움직임을 보고 추론해야 한다. 어떤 작은 변화라도 포착되는 날이면 전전긍긍하며 밤새 인터넷을 뒤적이다가 아침이면 늘 그렇듯 다시 산책을 나선다.

솜털 같았던 개들의 시간은 참 빨리도 흘러간다. 빨라도 너무 빠르다. 개에 대한 사랑이 깊어질수록 이별의 시간을 향해 더 가까이 다가가고 있다는 것을 부정할 수 없다. 늙어가는 것과 상관없이 개와 함께 사는 것은 참 근사한 일이라 생각하며 살았다. 그런데 지금은 솔직히 이별이 두렵다. 코앞까지 다가왔지만 내 눈에는 보이지 않는 거대한 파도 바로 앞에 서 있는 느낌이다.

어쨌거나 나는 운이 좋게도 큰 사고 한 번 없이 개와 함께 한 시절을 잘 살고 있다. 산책에 정성을 쏟았고 그 덕에 좋은 시간을 함께 나누었다. 그동안 두식이와 나의 똥강아지들이 나에게 주었던 빛나는 시간들을 잊지 말아야지. 서로의 몸에 기대어 수영했던 제주의 바다. 함께 걸었던 눈이 부시도록 아름다웠던 숲길과 오름들. 그런 것들을 떠올리며 다시 마음을 잡는다. 오늘처럼 무탈한 내일을 기약하며 이불을 턱밑까지 끌어당겨 단단히 덮으며 나의 개들에게 인사를 건넨다.

67

굿나잇. 다들 잘 자렴.
각자 원하는 달콤한 꿈을 꾸고
내일 아침에 또 만나자.

68

아빠와 두식

남편은 이름처럼 수영을 좋아한다. 물을 좋아하고 물을 두려워하지도 않는다. 두식이는 물에서 건져내도 다시 물로 들어가는 래브라도리트리버, 이른바 물트리버다. 친구들과 놀러 간 캠핑장에서 한밤이 되었는데 두식이가 사라져 주변을 찾아보니 칠흑처럼 어두운 계곡에서 유유히 수영을 하고 있었다.

둘의 공통점은 수영을 잘하고 즐겨 하는 것이다. 반면 나는 물을 무서워한다. 수영을 배워보았지만 실패했고 겨우 떠서 허우적대는 정도밖에 할 수 없다. 물속에서 자유롭게 움직이지 못하고 첨벙대야 하니 물에 들어가 있는 것보다는 보는 것이 훨씬 행복하다. 그래서 나는 두식이와 남편이 수영하는 모습을 늘 지켜보는 쪽이다. 자유로운 개와 자유를 갈망하는 인간이 물 위를 유영하는 광경은 꽤 아름답다.

마을에서 차로 15분만 가면 바다가 있지만 자주 갈 수는 없었다. 휴가철엔 개와 함께 갈 수 있는 빈 바다도 없거니와 육지에서 오는 손님들 맞이하랴 우리 일이 바빠 좀처럼 짬이 나질 않는다. 그래서 두식이와 수영은 늘 본격 피서철이 끝난 늦여름 또는 가을의 초입에야 가능하다. 둘은 수영을 하고 나는 모래사장에 앉아서 커피를 홀짝이며 아름다운 풍경 속에 푸닥거리고 있는 그들을 구경했다.

그렇게 오랜만의 망중한을 즐기고 있는데 바다에 때아닌 소나기가 내렸다. 물이라면 사족을 못 쓰는 둘이 물에 들어가 있는데 맑은 하늘에서 난데없이 물 폭탄이 쏟아졌다. 바로 옆엔 해가 쨍한데 둘 위로 소나기 구름이

띠를 두르듯 에워쌌다. 남편은 아이처럼 기뻐하고 그렇지 않아도 물 좋아하는 개는 하늘에서 물이 쏟아지니 신이 나서 끝없이 첨벙댄다. 나는 홀짝이던 커피를 내려놓고 카메라의 셔터를 눌렀다. 바닷속에서 첨벙대는 둘을 보며 생각한다.

살면서 세월이 흘러도 잊지 않고
간직할 수 있는 장면은 몇이나 될까.

개로 태어났지만 우리의 자식이 되어 견생을 보내고 있는 두식이. 개가 자식이라니 부질없어 보일는지 몰라도 우리에게는 더없이 감사한 인연이다.

두식이가 어리고 젊었던 시절엔 산책과 훈련 등 두식이에 대한 모든 일은 내 담당이었다. 도시에서 남편은 늘 바빴고 두식이는 젊고 건강해서 남편까지 나서서 거들 일도 별로 없었다. 제주에 와서 시간이 나면 함께 바다를 가거나 야영을 하기도 했지만 두식이의 산책은 전적으로 내가 맡아 했었다. 그러다가 두식이가 나이가 들고 몇 번 병치레를 하게 되자 산보가 아닌 운동이 될 산책이 필요해졌다.

그때부터 두식이의 산책 파트너는 아빠로 변경되었다. 그는 두식이가 10살이 된 무렵부터 단 하루도 빠지지 않고 매일 새벽 두식이를 데리고 나가서 함께 운동을 했다. 두식이가 혼자 걷는 일에 시큰둥해하자 말 안 듣는 다정이를 줄에 묶어 허리춤에 연결하고 함께 걷고 뛰었다.

다정이는 두식이의 페이스메이커 역할을 톡톡히 했다.
차에 자전거를 싣고 가서 자전거를 따라 뛰도록 하기도
하고 다정이와 함께 빠른 걸음으로 걷기도 하면서 하루에
아침저녁 2킬로미터씩 두식이는 아빠를 따라 산책을
했다. 오름과 광활한 초지가 계속되는 제주의 대자연을
만끽하면서.

더운 여름이면 민물이 나오는 용천까지 데리고 가
매일 수영을 시켰다. 그것은 분명 내가 해줄 수 있는 일이
아니었다. 그리고 두식이는 아빠와 함께 운동하는 그
시간을 늘 최고로 좋아했다. 아빠는 두식이가 더 나이가
들어 다리가 불편해지자 차에 올라 탈 수 있는 계단을
만들고, 그 계단을 오르기도 힘들어하는 날엔 뒷다리를
안아서 올려주었다. 오르막이 힘들어지면 평지가
이어지는 길을 찾고 너무 딱딱한 길보다는 걷기 편하고
부드러운 길을 골라 열심히도 데리고 다녔다.

여러 가지로 배려하며 아빠는 모든 걸 두식이가
스스로 할 수 있는 만큼 하도록 독려했다. 아빠가 시간과
마음을 쓰는 만큼 두식이도 아빠의 산책 방법에 늘 잘
따랐다. 그리고 예상보다 훨씬 좋은, 건강한 노년을
보내고 있다.

두식이는 이제 곧 15살이 된다. 그리고 얼마 전 매일 아침
출근처럼 나가던 그 산책에서 완전히 졸업했다. 다시
강아지 시절로 돌아가 엄마와 함께 동네를 산책한다.
내가 방향을 잡아주고 독려하며 걷는다. 두식이는 늘 더
멀리 가고 싶어 한다. 숲으로 들어가는 골목길을 휜히

꿰고 있어서 자꾸만 그쪽으로 나를 인도한다. 산책은 그 정도면 충분히 했다고 생각하는데 아직도 부족한가 보다. 모퉁이를 돌면 숲길로 이어지는 동네 골목의 끝자락에서 서서 또 물끄러미 나를 본다.

두식이는 인간 아빠에게 받은 최고의 산책 선물들을 아직도 정확하게 기억하고 있다. 내가 두식이라도 영원히 잊을 수 없을 것이다. 정말 대단했었으니까.

73

인생의 개

지금은 완전히 할아버지가 되었지만 두식이에게도
선연하고 영롱하던 어린 시절이 있었다. 굴 밖으로
처음 나온 아기곰처럼 해맑은 눈빛을 하고 뒤뚱거리는
걸음으로 다가와 세상 모든 것을 향해 '어째서 안 돼?'
하는 얼굴을 하고 바라본다. 그러다 말릴 새도 없이
순식간에 사고를 쳐놓고 까무룩 잠들던 시절. 그때
두식이는 어렸고 우리는 젊었다.

15년 전쯤 우리는 홍대 앞에서 엣코너(at corner)라는
이름의 가게를 했었다. 미술학원이 많이 몰려 있던
대학가에 자리 잡은 8평이 채 되지 않는 조그만
곳이었는데 가게는 무턱대고 시작한 것치고는 괜찮게
되어서 상수역 근처로 이사를 했다. 낡았지만 단독
주택이었고 화단이 딸린 작은 마당도 있는 곳이었다.
가게와 집이 함께 있도록 리모델링할 수 있는 평수여서
가게를 조금 늘리며 집도 그곳으로 옮기기로 했다.
부동산의 소개로 처음 집을 보러 갔을 때 '이곳에 살아도
괜찮겠네.' 하는 생각이 들었다. 살던 집과 가게를 모두
정리해서 그곳으로 이사를 했고, 그 집에서 우리는
두식이를 만났다.
　　어렸을 적부터 어른이 되면 언젠가 개와 함께 살 거라
막연한 꿈을 꾸긴 했었지만 그게 언제라고 정한 것은
아니었다. 늘 바빠 다른 생각은 할 겨를이 없었는데,
왜였는지 상수동으로 이사를 모두 마치고 수더분한

마당을 내려다보고 있자니 문득 여기 강아지가 한 마리 뛰어다니는 것도 좋지 않을까 하는 생각이 들었다. 가게와 집이 한곳에 있으니 아무래도 잘 돌볼 수 있을 것 같았다.

그리고 무엇보다도 우린 결혼하고 2년이 지났지만 아이가 없었다. 우리에게는 자식을 대응할 무언가가 필요했다. 그래서 강아지를 한 마리 들이기로 결정했고 이사를 마치고 얼마 지나지 않아 그렇게 노래를 부르던 자식이 될 강아지 한 마리가 집으로 왔다.

두식이는 경주에서 왔다. 지순이라는 엄마 개와 세찬이라는 아빠 개 사이에서 태어난 개였다. 지순이는 평범한 가정집의 이제 2살이 채 되지 않은 젊은 래브라도리트리버였고 세찬이는 경찰견으로 일하고 있는 같은 종의 개였다. 하고 많은 개 중에 어떻게 그 개였는지는 지금도 잘 모르겠다. 그냥 언젠가 개를 키운다면 가급적 큰 개라고 늘 생각했었고 큰 개 중에서 제일 부드럽고 말캉말캉한 생김새에 마음이 갔는지도 모르겠다.

두식이는 어질고 착하다. 한 번도 사람을 공격하거나 작은 동물도 해한 적이 없어서 내 주변 사람들 사이에 순한 개를 대표하는 캐릭터가 되었다. 어렸을 때는 시키는 일이라면 대부분 군말 없이 다 했다. 나이가 들더니 정말로 하기 싫은 일에는 꿈쩍도 하지 않지만 말이다. 어쨌거나 두식이는 말할 수 없이 순했고 긴장하거나 날이 서 있는 경우도 거의 없었다. 나는 두식이에게서 개들 전형의 빠르고 기민한 텐션을 본 적이 없었다. 먹는 것을 유난히 좋아해서 어떤 상황이든 비스킷 몇 개로도 충분히 통제가 가능했다.

두식이를 가르치는 것은 그리 어렵지 않았다. 사람과 함께하는 시간을 행복해했고 늘 자기도 우리와 '함께' 무언가 하기를 간절히 바랐다. 그래서 우리는 가게에서 택배를 포장할 때 상자를 가져오는 일을 시키기도 하고 큰 도움은 되지 않지만 들통에 무언가를 담아 나르게 하기도 했다. 그리고 뉴스는 인터넷이나 티브이로 보아도 충분했지만 두식이에게 어떤 임무를 주기 위해 항상 종이신문을 받아보았다. 아침에 신문 배달원이 마당 안으로 신문을 던져놓으면 볼일 보러 나간 두식이가 그걸 입에 물고 들어와 아빠에게 가져다주었다. 칭찬을 받고 가끔은 간식도 얻어먹을 수 있는 그 일을 두식이는 너무나 소중히 여겼고 매일 아침의 신문 배달과 함께 활기찬 하루를 열었다.

두식이는 천성이 순해 많은 사람이 예뻐했고 나 또한 자식처럼 애지중지해서 길렀으므로 트라우마가 생길 사건 같은 것은 없었다. 쉽게 흥분하기도 했지만 쉽게 가라앉기도 하는 성격이었다. 진지하고 심각한 일에 빠져 있다가도, 먹고 사고 노는 것에 모든 것을 잊는 두식이를 보고 있으면 나도 덩달아 아무 생각이 없어졌다. 기분에 따라 팔랑이는 큰 귀와 높거나 낮게 흔들리는 꼬리, 그리고 부드러운 털. 그땐 세상에서 내가 아는 개라고는 두식이뿐이었으므로 나는 개는 참 귀엽고 사랑스러운 존재라 생각하며 오랫동안 살아왔다. 두식이는 늘 소파에 누워서 우리를 바라보았고 우린 늘 그런 개의 평온한 얼굴을 마주 보며 살아와서 모든 개들이 그런가 보다 했는데 지나고 보니 그런 두식이가 우리에게로 온 것은 무척 고마운 일이었다.

인생의 개는 딱 한 마리다. 나는 내 인생의 개는 두식이라고 주저 없이 꼽는다. 두식이는 자식이 없는 우리에게 와서 자식 역할을 하며 사느라 어떤 때는 고생도 참 많았다. 나는 매사 적당히 하는 법이 없어서 두식이를 엄하게 대했는데 두식이는 다른 개들보다 더 기다리고 더 참으며 우리의 보폭에 맞추어 성실한 견생을 보냈다. 초로를 훨씬 넘긴 지금의 두식이는 마치 어느 나라의 왕처럼 매일이 굉장히 여유롭다. 털옷을 입고 있지만 반쯤은 인간이 되었다. 소파 위에 누워 우리의 일거수일투족을 감시한다.

　그런 두식이를 보고 있자면 원래 타고난 성품이 느긋하고 여유로운 것 같지만 두식이도 여느 강아지와 다를 바 없이 엉망진창이던 어린 시절이 있었다. 입에 닿는 모든 것을 물고 당기고 찢어 망가트리는 것이 일상이었다. 전날까지 멀쩡하던 신발과 옷이 버리기엔 애매할 만큼 골고루 흠집이 났고 테이블 위에 선반 위에 가지런히 놓여 있던 많은 것들이 두식이가 온 날부터 와르르 무너져 내렸다.

　두식이를 가르쳐야 했다. 훈련소에 보내 훈련을 받게 할까도 생각했지만 내가 할 수 있는 만큼 직접 해보기로 했다. 몇 권의 책을 사서 책에 나온 모든 것을 따라 하며 매일 조금씩 두식이를 가르치기 시작했다.

지금은 빈틈 하나 없이 가게들이 빼곡한 상수역 1번 출구 뒤쪽이지만 당시엔 주택가의 후미진 골목이어서 어린 강아지에게 사회화 훈련을 하기엔 최적의 장소였다. 훈련을 위한 산책은 가게를 오픈하기 전 사람이 적은 이른 아침 시간에 주로 했다. 리드 줄을 최대한 짧게 잡고 훈련을 위한 산책을 나간다. 요즘은 견격을 중시하는 분위기라 요즘 개들은 (두식이는 옛날 개) 1.8미터 정도의 긴 줄로 느긋하게 산책하는 것이 대세지만 당시는 누가 뭐래도 초크체인의 시대였다. 초크체인은 작은 고리들이 체인으로 연결된 가벼운 쇠줄인데 개의 목에 걸어서 개가 사람보다 앞서 나간다 싶으면 촤르륵 소리가 나도록 당겨서 개를 놀라게 하며 제어하는 목줄이다. 조금이라도 앞서 나간다 싶으면 촥 소리가 나도록 낚아채야 한다.

'와, 드디어 산책이다!' 하고 앞서 나가는 순간 촤르륵 하고 목이 조여오면 화들짝 놀란 두식이가 '헉, 엄마가 나한테 왜 이러지?' 하고 당혹스러운 표정으로 나를 쳐다본다. 촥 하는 소리가 나면 내 목이 채인 듯 아프다. 그래도 눈물을 머금고 다시 한다. 눈치를 보며 아까와 같은 기세로 멋지게 달려 나가던 두식이는 이번엔 더 세게 촥 촤르륵 하는 소리와 함께 고꾸라진다. 두어 번 초크체인이 당겨지면 '이거, 장난 아닌데?' 하는 표정을 짓다가 약간 주눅이 든 채로 산책이 시작된다. 몇 걸음 보폭을 맞춰 잘 걷는 듯하다가 다시 산만해지려 하면 또 초크체인을 당긴다. 돌아보니 많이 미안하다. 하지만 두식아, 그 당시엔 개통령이 없었다구.

기다려.
앉아!
손!
엎드려!

성견이 될 때까지 두식이는 자잘한 훈련을 지겹도록
받았다. 모든 것을 가정교육으로 가르쳤다. 어린
강아지에게 최대한 많은 것을 가르치겠다는 나의
극성스러운 열정이 상수동의 뒷골목을 뜨겁게 달구던
날들이었다. 지금 생각해보면 야속했다 싶은 때도 많지만
가게에 함께 있으려면 어쩔 수 없이 해야 하는 일이었다.
그래서 완벽하게 모든 훈련을 마스터했냐고 묻는다면
그건 또 잘 모르겠다. 한적한 길에서 리드 줄 없이 산책을
할 수 있고, 사람과 보폭을 맞추어 함께 걸을 수 있고,
훈련받은 모든 것을 필요한 때 눈치껏 할 수 있는 정도다.

두식이는 어떤 인연으로 우리에게 와 이렇게 오랜 시간
한집에서 동고동락하고 있다. 살면서 일평생 늘 배가
고팠는데 이젠 매일 다리가 아프고 가끔은 한밤중에
똥알을 낳아놓고 도망을 간다. 몸은 늙었지만 그래도
마음만은 늘 의욕이 충만하다. 이제 헤어져야 할 시간이
점점 다가오는 것 같아 나는 매일이 초조하지만, 개가
미래까지는 알 바 없다는 표정으로 두식이는 한결같이
사랑을 원한다.
　나는 내가 한 마리의 개와 이렇게 오랜 시간 동안
살 수 있을 거라고는 상상도 하지 못했다. 어린 강아지

시절부터 완전한 노견이 된 모습까지 견생의 모든 것을
나에게 낱낱이 보여주는 두식이의 삶은 내겐 경이로움 그
자체다. 나에게로 와 영원처럼 아름다운 순간과 추억을
만들어준 내 인생의 개 두식이가 마지막까지 행복한
견생을 살 수 있도록 이젠 내가 힘껏 응원해주어야 할
때다.

　내 인생의 개 이두식 파이팅.

80

기 다 려

어린 개들에게 제일 먼저 가르치는 것은 "앉아."와
"기다려."다. 어렸을 때라면 "앉아."는 금세 배우지만
"기다려."는 꽤 어렵다. 그래서 개들도 사람처럼
조기교육이 필요한데 개보다는 견주가 교육을 시킬
수 있는 여건이 되어야 한다. 개를 가르치는 것에 매일
꾸준히 하루 30분 정도의 시간은 할애할 수 있어야
하는데 그 잠깐의 여유조차 살다 보면 그렇게 녹록지
않다. 소 뒷걸음치다 쥐 잡듯 어설프게 배워 "앉아."나
"손." 정도의 개인기는 할 수 있을지 몰라도 제대로 배우지
않은 개가 "기다려."를 하는 것은 사실 불가능에 가깝다.
개에게 있어 기다린다는 건 대충 익혀서 할 수 있는 일이
아니기 때문이다.

　　나는 지금 개 네 마리를 키우는데 그중 한 마리만이
"기다려."를 할 줄 안다. 나머지 셋의 상황은 이렇다. 한
마리는 할 줄 아는 척하며 조금 기다리다가 어느 순간부터
슬금슬금 다가온다. 한 마리는 울면서 기다린다. 나머지
한 마리는 기다리라는 말이 채 끝나지도 않았는데 이미
시야에서 사라지고 없다.

　　그래도 셋을 함께 앉혀놓고 "기다려."라고 명령하면
서로 눈치를 보며 하는 시늉이라도 한다. 그러다가
그중 한 놈이 '근데 우리 이거 꼭 이렇게까지 해야 해?'
하는 눈짓을 보내며 슬쩍 움직이기라도 하면 분위기는
순식간에 엉망이 된다. 이미 자기만의 세계가 형성된
개들을 가르치는 것이 더 이상 무슨 의미가 있을까 싶어

나도 곧 그 엉망에 동화되어 부질없다는 마음으로 개들과 뛰어논다.

내가 개들과 함께 살며 가장 많이 하는 말은 뭘까. 일단 세 가지만 추려보면 "야!" "안 돼!" "기다려!"일 것이다. 문장의 마지막에는 이렇게 꼭 느낌표가 붙어야 적절하다. 희한한 것은 이 세 단어는 어떤 식으로 순서를 바꾸어놓아도 훌륭한 조합이 되며 입에 착착 붙는다. 정작 내가 개를 키우며 제일 중요하다고 생각했던 "기다려."라는 단어는 "야!"와 "안 돼!"를 외치느라 입 밖으로 나올 겨를도 없다. 아무도 기다려주지 않을 거라는 걸 알지만 그래도 나는 습관처럼 마지막엔 꼭 "기다려."를 외친다. 아무리 다급해도 "야!"라고 소리치지 않고 이름을 부르며 "안 돼!" 하고 낮고 근엄한 목소리를 내고 싶지만, 그러다가는 아무것도 할 수 없다. 늘 침착하게 순서대로 되지 않는다. 말 안 듣는 개들과 한 시간만 같이 있으면 아무리 전문 훈련사라 해도 나처럼 "야!"가 먼저 튀어나올 거라 장담한다.

그나마 기다릴 줄 아는 개는 이젠 완전히 할아버지가 되었다. 개는 "기다려."라는 말을 알게 된 이후로 견생의 대부분을 기다림으로 채웠다. "기다려."를 마스터하기 위해 개는 어릴 적 한 세월을 내가 시키는 대로 참 열심히도 배웠다. 어린 시절에는 가게에서 사람들과 부대끼며 살아야 했고 대형견이었으므로 혹독하리만큼 엄하게 가르쳤다. 우두커니 앉아서 잘 기다리다가 귀를 펄럭이며 내게 다가오는 그 모습이 예뻐서 그걸 이른 아침 골목에서도 시키고 한밤중의 놀이터에서도 시켰다. 일상생활 속에서도 "기다려."의 옵션은 많고도 많았다. 산책을 나서며 대문을 열 때, 산책을 마치고 집에 들어올 때, 들어와서 발을 닦을 때, 물을 마실 때, 밥을 먹을 때, 간식을 먹을 때. 어린 개의 견생에서 그 이름 앞에는 항상 "기다려."라는 단어가 야속할 만큼 매 순간 버티고 있었다.

사실 굳이 기다리라고 명령하지 않아도 어차피 사람과 함께 살기로 결정된 개의 삶은 기다리는 것에서 시작해서 기다리는 것으로 끝이 난다. 산책하는 시간을 제외하고는 대부분 집에서 외출한 가족을 기다려야 하고, 함께 차를 타고 나가더라도 모든 장소에서 동행할 수가 없으므로 인간의 부름을 또 기다려야 한다. 어릴 적부터 배운 "기다려."를 곧잘 해내던 나의 개가 기약 없이 나를 기다렸던 시간들이 스쳐 지나간다. 가끔 혼자서 개는 왜 기다려야 했을까 하고 생각해본다. 그렇게 개가 기다리지 않고 내가 좀 더 기다렸어도 되지 않았을까 생각해본다. 지나간 기다림의 나날을 돌이켜보면 늘 미안하지만 인간은 인간의 삶이 있고, 인간인 나는 개를 돌보아야 하는 입장이기 때문에 마냥 기다려줄 수 없는 경우가 대부분이었다고 어설프게 합리화를 하고 만다.

우리 집에서 "기다려."를 할 줄 아는 유일한 개는 이젠 고관절이 아파서 앉을 수가 없어 선 채로 기다린다. 기다리라고 말하지 않았는데도 집 안 어디에선가 스스로 "기다려."를 행하며 나를 종용한다. 차라리 엎드려서 편하게 기다려주었으면 좋겠는데 굳이 서서 기다리니

보는 내가 더 초조하다. 어떤 날은 간식이 들어 있는 서랍 앞에서 혼자 먼저 기다린다. 아픈 다리로 서서 나를 기다리는 개가 눈앞에 있으면 이젠 도리어 내가 좌불안석이 된다. 아침저녁 정해진 정확한 시간에 밥상을 차려줘야 하는데 조금이라도 늦는 날이면 또 애타게 기다리고 있겠구나 싶어서 종종걸음을 치며 집으로 돌아간다. 개는 뭐라고 하지 않는데 나는 스스로 혼쭐이 난다. 젊은 날 혹독하게 훈련했던 "기다려."의 반격이다.

'난 이제 늙어서 그렇게 오래는 못 기다려.' 하는 눈빛으로 나를 쳐다보는 개를 보며 나는 사과한다. 늙은 개는 대부분 자기가 기다리고 싶을 때까지만 적당히 기다리다가 말지만 여전히 세상 어떤 것보다 "기다려."라는 인간의 말에 가장 진지하게 반응하며 오늘도 여전히 '열심히' 나를 기다린다.

산 책 수 첩

우리는 제주에 와서 정말 많은 산책을 했다. 도시에서는 산책이라 해봤자 작은 집에 사는 큰 개가 갑갑할까 봐 매일 의무적으로 집 주변을 뱅글뱅글 도는 정도였는데 제주도에 와서의 산책은 격이 달랐다. 집 앞 동네길만 나가도 초록이 지천으로 널려 있는 시골 마을. 사람도 차도 도시보다 훨씬 적으니 모든 것이 쾌적했다. 집 앞 마을길만 걸어도 도시에선 상상조차 할 수 없을 만큼 호사스러웠다. 최소한 우리 중심으로 보면 그랬다.

하지만 마을 사람들 대부분은 농사를 생업으로 하고 있었고 트랙터나 농사용 트럭을 몰고 지나다가 우리를 보면 '역시 육지에서 온 사람은 남들 일하는 시간에 개나 데리고 다니고, 여유롭네.' 하는 것만 같았다. 그래서 처음 이사를 와서 한동안은 아침 이른 시간이나 해가 진 이후에 주로 산책을 했다. 마을이 아직 잠에 깨지 않은 이른 아침의 산책도 좋았고 싱그러운 풀냄새와 흙냄새가 뒤섞인 한밤의 산책도 참 좋았다.

그렇게 시간을 피해도 사람들을 마주쳤고 개와 함께 걷는 우리는 그들이 지나가도록 한 걸음 물러서거나 멈춰 서야 했다. 우리는 그조차 부담스러워져서 새로운 산책로를 찾아 점점 더 마을에서 벗어난 깊은 곳으로 가기 시작했다. 매일 가볍게 하던 산책이 해도 그만 안 해도 그만인 것이 아닌 매일 반드시 빠짐없이 해야 하는 일과가 되고부터 더욱 그랬다.

두식이는 10살이 채 되기 전에 악성종양의 일종인
혈관육종 진단을 받고 비장을 제거하는 수술을 했다.
12살엔 위염전이 생겨 한 번 더 큰 수술을 해야 했다.
생사의 고비를 여러 번 넘겼다. 늘 돌도 씹어 먹을 듯
왕성한 소화력과 체력을 자랑했는데 나이가 들고 큰
병치레를 하며 지쳐 보이기 시작했다. 그럴 때마다 우리가
해줄 수 있는 일은 먹을 것을 좀 더 신경 쓰고 일상에
안정을 주는 것 외에 별로 없었다.

그리고 또 하나가 산책이었다. 두식이가 먹는
것만큼이나 좋아하는 것이 산책이라 참 다행이었다.
잘 일어서지 못해 다리를 휘청거리면서도 냄새를 맡고
고개를 들고 어쨌든 걸으려고 했다. 걷고 또 걸으며
더디지만 천천히 여러 차례 위기를 이겨냈다. 힘든 순간이
많았지만 두식이 스스로의 힘으로 이겨냈다고 지금도
생각한다. 그래서 우리는 비가 오든 눈이 오든 무조건,
자기가 가지 않겠다고 할 때까지 산책을 하기로 했다.

매일 해야 하는 산책이므로 조금 더 디테일하게
코스를 짰다. 비가 오는 날, 햇살이 뜨거운 여름, 바람이
많이 부는 날, 안개가 많은 날, 눈이 쌓인 날, 한파가
몰아칠 때 각각 가야 하는 길과 갈 수 있는 장소가 달랐다.

그 덕에 우리는 아무도 알지 못하는 숨겨진 숲길에서
시시각각 변화하는 제주의 자연을 마주했다. 계절의
변화를 고스란히 담은, 말로 표현할 수 없이 아름다운
길을 참 많이도 걸었다. 마치 산책을 하려고 제주도에
이사 온 사람들마냥 산책에 중독되어 개들과 함께 걷고
또 걸었다. 두식이가 선발대가 되어 찾아놓은 길들을

다랑쉬오름과 용눈이오름 사이길 - 산책수첩中

88

다정이와 덕천이와 슬기도 함께 걸었다. 두식이도
똥강아지들과 함께 걸으면 더없이 신이 나는지 늙은
꼬리를 하늘로 힘껏 치켜올렸다. 산책은 뭐니 뭐니 해도
다 같이, 강아지의 똥꼬 발랄한 엉덩이를 보면서 하는
것이 최고였다. 아주 가끔은 인간끼리 둘이 한적하게 걷는
시간도 필요했지만 우리는 제주에 와서 대부분의 산책을
강아지의 씰룩거리는 엉덩이를 보며, 그 부산스러운
뒤꽁무니를 쫓아가며 걸었다.

처음엔 다니던 길에서 몇 걸음 더 들어가는 정도로 새로운
산책로를 찾다가 나중에는 마을 주변의 위성지도를
펼쳐 보며 길이 나 있는 모든 곳에서 새로운 산책 코스를
찾았다. 어떤 곳은 길이 어디까지 이어져 있는지 알
수가 없어서 일부러 사전답사를 해야 했다. 차를 어디에
세워두고 어디서부터 걷기 시작할지, 걷는 동안 위험한
요소는 없는지, 새로운 길이라면 사전에 꼭 살펴야 할
것들이 있었다. 산책하기 좋은 새로운 길을 찾기 위한
노력은 계속되었다.
　　그렇게 우리의 산책 수첩에 새로운 길들이 차곡차곡
쌓여갔다. 길에 맞는 이름을 붙이고 개들과 실컷 사용한
다음 하나둘 모아둔 우리만의 산책길을 육지에서 온
친구나 가족들에게 선물처럼 보여주었다. 다들 두식이의
능숙한 안내를 받으며 그 길을 걸었고, 어떤 관광지보다
아름다운 제주의 자연에 행복해하며 아낌없이 감탄했다.
강아지들 덕분에 걷게 된 길들 중에 몇 년이 지나도
회자되는 특별히 아름다운 산책길이 있다. 다용사

89

다랑쉬오름과 용눈이오름 사이 길, 높은오름 가는 길, 동검은이 언덕 아래, 아부오름 뒤의 목장 길. 대부분의 산책길은 오름과 오름 사이의 아스콘 도로나 자갈길이었다. 오름의 능선과 멀리 한라산을 배경으로 계절과 그날의 날씨에 따라 아름다운 광경이 펼쳐졌다. 카메라에 담을 수 없어 그저 멍하니 서서 눈으로 보는 날도 있었다.

봄이 완연한 즈음 갯무꽃이 흐드러지게 핀 다용사길은 정말 꿈에서나 보았을 것 같은 환상 그 자체였고, 높은오름으로 가는 삼나무길 사이로 쏟아지는 아침 햇살에 몸을 천천히 데우며 아침 메뉴를 고민하는 것은 즐거운 일이었다. 우리는 지극히 평범한 사람들이지만 그 길을 걷는 그 순간만큼은 어쩐지 특별하다고 느껴졌다. 먼발치에서 노루나 꿩의 움직임을 포착하면 개들은 엔도르핀이 차올라 점프했고 나는 저렇게 아름다운 생명체와 내가 이렇게 가까운 거리에 있다는 게 그저 좋아서 나도 모르게 입가에 미소가 고였다.

단언컨대 우리가 개와 살지 않았더라면 그 모든 산책은 애초에 불가능했을 것이다. 굳이 할 필요도 없었고 하더라도 그 정도까지는 아니었을 것이다. 개들이 없었더라면 우리는 절대 그렇게 깊은 곳으로 산책을 가지 않았을 것이다. 늘 가던 동네의 산책길이나 둘레길 정도로도 충분히 행복했을 것이다. 도시에서 살아왔던 우리는 그것만으로도 충분해 어쩌면 제주에 사는 동안 이런 곳이 있다는 건 까마득히 모른 채 지냈을지도 모르겠다.

모든 것이 두식이 덕분이었다. 아니 개들 덕분이었다. 어쩌다 보니 개가 네 마리나 되어 마당의 잔디는 초토화되었고 슬리퍼는 철마다 분실되고 세간살이가 남아나는 것 없는 지난하고 번잡한 삶이지만, 인생의 무언가를 양팔 저울 위에 얹어놓고 무게를 잰다는 건 얼마나 부질없는 짓인지. 이렇게 아름다운 산책길을 우리에게 선물해준 우리 똥강아지들에게 정말로 감사한다.

드림카

서울에 사는 동안은 차가 없었다. 결혼하고 얼마 되지
않아 효자동 한옥에 살던 시절이었다. 어느 날 남편이
담장 바로 밖에서 전화를 해 대문을 좀 열어보라고 했다.
대문 앞에는 허름한 100cc 중고 오토바이가 한 대 서
있었다.

우리의 드림카야.

방긋. 남편은 웃고 있었다.

서울에서 우리는 늘 그 오토바이를 타고 다녔다.
오토바이를 타고 사직터널을 지나 가게를 오가며 일을
했고, 단골집으로 냉면을 먹으러 갈 때도 그 오토바이를
타고 갔다. 불꽃축제에서는 한강 다리 위에 갇힌 채
조그만 시트 위에 나란히 앉아 점처럼 소멸하는 불꽃을
보며 소원을 빌었고, 북악스카이웨이의 'S'자 커브를
곡예하듯 올라가 서울의 봄밤을 만끽했다. 오토바이를
타고 광화문의 골목골목을 누비며 촛불집회도 다녔다.
우리 둘은 그 작은 오토바이 위에 각자의 헬멧을 쓰고
앉아 한 쌍의 별난 딱정벌레처럼 종횡무진 서울의 곳곳을
쏘다녔다.
　　가게를 할 때도 큰 짐을 옮겨야 하는 경우를
제외하고는 모두 다 이 작은 스쿠터로 날랐다. 시트와
주유구 사이 조그만 트렁크에 물건들을 와르르 쏟아 넣고

핸들 손잡이 양쪽에 하나씩 가방을 걸고도 모자라 각자의
품안에 가득 껴안고, 그렇게 우리는 가게와 창고를 오가며
개미처럼 물건들을 물어다 날랐다. 그 작은 오토바이는
못 옮기는 것이 없었고 못 가는 곳이 없었다. 어디든 쏙쏙
우리를 쉽게 데려다주었다. '종로 바'로 시작하는 우리의
첫 번째 드림카는 그 번호판을 아직 그대로 붙인 채
제주도 우리 집 대문 앞에서 서 있다. 차량 진입이 어려운
숲속의 드라이브를 위해, 봄가을의 동네 마실을 위해,
여전히 위풍당당.

그러나 제주에 와서는 차 없는 삶은 애당초 불가능했다.
제주는 서울처럼 발이 닿는 모든 곳에 대중교통이
연결되어 있지 않아서 차가 없으면 금세 발이 묶였다.
제주에 살려면 무조건 차가 필요했다. 서울에서 제주로
내려오기 직전 관공서에서 사용하다가 공매로 나온 중고
트럭을 한 대 샀다. 집 공사도 시작해야 해서 큰맘 먹고
서둘러 산 차였는데 LPG로 개조된 낡은 트럭이라 겨울엔
시동이 더디 걸리고 한파에 취약했다.
　　그래도 바퀴만 잘 굴러가면 될 거라 생각했지만
시간이 지날수록 문제가 생겼다. 가뜩이나 연식이
오래된 차가 바닷바람을 맞고 중산간의 습도에 노출되자
급속도로 노후화되었다. 시내 대형 마트라도 나가는
날이면 반짝이는 차들 틈에 주차된 낡은 우리 트럭이
한눈에 들어왔다. 한여름 제주의 타는 듯한 뙤약볕 아래
창문을 열고 주행하는 차는 흔치 않았는데 에어컨을 켜면
시속이 달구지 수준으로 떨어졌기 때문에 우린 에어컨

대신 따뜻한 자연풍을 선택해야 했다.

하지만 그 낡은 트럭은 육지에서 온 어린 조카들에게는
신세계였다. 구닥다리 트럭을 타고 제주의 해안가와
숲길을 달리는 여행이라니. 어린 탑승객들에게는 꿈꾸던
만화 속 세계로 진입한 순간 같았을 것이다. 아이들은
놀이기구에 올라탄 것마냥 탑승과 동시에 함성을
내질렀다. 시트가 더러워질까 하는 걱정은 전혀 할 필요가
없었고 트럭의 짐칸에 필요한 물건들을 던지듯 실어 담아
바다 수영도 다니고 낚시도 다니고 제주의 아웃도어
라이프를 이 낡은 트럭과 함께 실컷 즐겼다.
     그리고 무엇보다 우리의 두 번째 드림카인 이 낡은
트럭은 우리가 제주 집을 짓는 데 그야말로 혼신의 힘을
다했다. 벽돌과 모래와 연장을 실어 나르며 우리 집을
포함해 여러 채의 집을 지었다. 집을 지으라는 임무를
받고 이 세상에 온 것처럼 그렇게 낡은 트럭은 제주의
동쪽을 누볐다.

제주에 온 지 6년쯤 지난 어느 날 읍내에서 볼일을 보고
올라오는 길이었다. 잘 가던 차가 갑자기 멈추어 서는가
싶더니 둥글고 하얀 콧등처럼 생긴 범퍼에서 모락모락
김이 났다. 남편은 급히 생수를 꺼내 엔진오일 주입구에
붓고 겨우 시동을 걸어 최대한 부드럽게 엑셀을 밟아
차를 집까지 몰아 왔다. 그것이 두 번째 드림카의 마지막
주행이었다.
     아무래도 차는 안전과 직결되는 문제여서 우리는

조금은 안전한 삶을 추구하기로 했다. 다시 차를 뽑았다. 이번엔 비교적 최근(?) 연식의 중고 트럭이었다. 이 차는 서귀포시 한 주민 센터의 마을 순찰용 차량이었다. 전날 입찰해둔 공매에 낙찰 알림을 받고 시외버스를 타고 한라산 고개를 넘어 우리의 새 차를 가지러 갔다. 나름 긴장과 스릴이 넘치는 공매 입찰이라고 생각해서 잔뜩 흥분했었는데 알고 보니 입찰자도 낙찰자도 우리뿐이었다. 경쟁자가 단 한 명도 없는 입찰에 너무 높은 가격을 써냈던지 차를 가지러 비장한 얼굴로 들어가는 우리를 보자 주민 센터 직원들이 키득거렸다. '아, 그 순진한 사람들이구나.' 하는 표정이었다.

　　암튼 순진한 우리는 그렇게 같은 차종이지만 조금 덜 낡은 새로운 드림카를 몰고 한라산을 넘어 다시 마을로 돌아왔다. 날씨가 맑았는데 괜히 와이퍼를 건드리고 안개등을 켜보던 남편이 말한다. "이젠 에어컨이 빵빵하다고. 시동이 꺼지지도 않고." 첫 번째 차를 폐차하고 약간의 상실감에 빠져 있던 남편의 얼굴에 간만에 활기가 도는 듯했다.

남편은 바닷가에서 주워 온 작은 인형을 늘 운전석 왼쪽 창가 모서리에 올려두었다. 모래사장에서 처음 주웠을 때부터 다리가 하나 없어서 이름은 외발이라고 부른다고 했다. 그는 첫 번째 트럭을 폐차할 때 그 인형을 챙겨 그다음 차에도 같은 자리에 올려두었다. 연식은 달랐지만 차종이 같아서 희한하게 인형은 원래 그 자리에 놓여 있었던 것처럼 보였다.

트럭의 뒷자리에는 개 네 마리가 주차타워에 주차라도
하듯 위아래로 가득 탄다. 좌석 배정은 서열 순으로.
서열이 높은 개들은 앞창으로 고개를 내밀어 바깥 경치를
구경하고 서열이 낮은 개들은 옆창이나 뒤창을 통해
바깥 풍경을 본다. 트럭 뒷자리의 자리 선정은 우리가
관여할 수도 없고, 해서도 안 되는 영역이었다. 어째서인지
이번 차에는 사람보다는 개의 탑승 빈도가 훨씬 높았다.
두식이가 나이 들어 병원에 갈 일이 많아졌고 예상치
못하게 개도 많아졌다. 함께 산책을 하려면 마을과는 조금
떨어진 오름 근처로 가야 해서 트럭은 개 넷을 태우고
마을길을 달린다.

좋은 차를 타는 일은 좋은 옷을 입는 것 같다. 가끔
우리는 차를 보며 그 사람의 부를 짐작하기도 한다. 나도
가게에서 고가의 제품을 다량 구매한 손님이 가게 문을
나설 때 주차된 차를 흘깃 내다본 적이 있으므로 차의
그런 면에 대해 부정할 수가 없다. 좋은 차를 타는 사람을
보면 모든 것이 말끔해 보인다. 그러나 차를 보고 그 집의
욕실 세면대나 냉장고의 야채 칸, 현관 입구의 모습 같은
걸 가늠할 수는 없다. 차는 그저 외형을 짐작하게 할 뿐 그
사람의 라이프스타일까지 알 수는 없다. 그럼에도 차는
결국 그 차의 주인과 많이 닮아 있다. 참 아이러니하다.

용눈이오름과 다랑쉬오름 사이. 무밭 옆 너른 땅 위에
하얀색 더블 캡 트럭 한 대가 서 있다. 퇴근 후 저녁
산책을 마치고 개들을 차에 먼저 태워두고 인간들끼리

조금 더 걷는다. 가끔은 인간도 고요한 인간의 시간이
필요하기 때문에 그렇게 한다. 뒷자리에 탄 두식이와
다정이가 차로 돌아오는 우리를 제일 먼저 알아보고
반갑게 꼬리를 흔든다. 덕천이는 조금 더 빠르고
부산스럽게 꼬리를 움직이며 끙끙 소리를 내고 있다.
창문 옆에 끼인 듯 앉아 있는 슬기도 잘 보이지 않지만
나름 열심히 반기는 중이라는 걸 나는 안다. 인간은 손을
흔들며 답한다. 개들은 우리를 본다. 저 차보다 훨씬 비싼
똥강아지들이 차에 한가득 실려 있다.

이제 집에 가서 저녁 먹자.
밥 먹으러 가자.

집으로 돌아가 강아지들 저녁밥을 챙겨주고 편한 옷으로
갈아입고 인간들도 저녁을 먹고 나면 오늘 하루도
마감이다. 남편은 핸들을 잡고 엑셀을 와앙 소리가 나도록
밟는다. 이 낡은 차는 우리를 따뜻한 집으로 실어다준다.
감사하고 무탈한 하루가 흐르고 있다.

최근에 멋진 산책을 했지.
여름의 정점에서 뭉게구름이 피어난
하늘과 숲과 오름들을 보고, 다정이 득식이와
토끼와 거북이 같은 말도 안 되는 달리기경주를
하고, 좋은 여름날이었네.

PART 2

개와 함께하는 시간

와 ~ 두식아
너 정말 크다 ~

큰 개 두식

두식이는 크다.

두식이와 함께 산 지 만 14년. 늘 보아왔기 때문에 익숙해질 법도 한데 아직도 문득 커다란 두식이가 태산처럼 느껴질 때 나는 "와! 두식아, 너 정말 크다."라고 말한다. 나라고 처음부터 모든 걸 다 예상하고 이렇게 큰 두식이를 키우게 된 건 아니었다. 그냥, 이왕 개를 들일 거라면 큰 개가 좋지 않을까? 정말 사람 같은 존재감이 있지 않을까? 하는 정도의 단순한 생각이었다. 돌이켜보면 비교적 정확하고 예리한 판단이었다. 두식이가 크든 작든, 어떤 상황이었든 그 모든 것은 정해진 운명이었고 거스를 수 없는 인연이었다고 이제는 생각한다.

도시에 살 때는 여러 품종의 대형견들이 자태를 뽐내며 곳곳을 다니곤 해서 두식이가 그렇게 크다고 생각하지는 않았는데, 제주에서는 상황이 좀 달랐다. 이곳에 와서 보니 두식이는 입이 떡 벌어질 정도로 큰 개였다. 앞집 복돌이도 뒷집 만수도 두식이만큼 큰 개는 없었다. 누가 뭐라 하지 않아도 나 스스로 그렇게 느낄 정도였으니 백구나 누렁이, 발바리 정도의 개들만 보고 평생을 살아온 이곳 사람들에게 두식이의 등장은 충격이었을 것이다.

마을길로 두식이를 데리고 나가면 "개가 크기도 크다!" 하는 할망들의 탄식이 쏟아졌다. 산책은 해야 하고 불편한 시선을 피하고 싶으니 인적 드문 숲길을 찾아갈 수밖에

없었다. 숲까지 가려면 반드시 마을길을 지나야 하는데
마을길을 통과하는 것은 산책을 위해 반드시 수행해야만
하는 미션 같다. 시골에선 '개=똥'이라는 공식이 있어서
'큰 개=큰 똥', '더 큰 개=더 큰 똥', '정말 큰 개=정말
큰 똥'이라는 자동등식이 성립되므로 두식이와 내가
마을길에 나타나면 동네 할망들의 시선은 우리를 따라
함께 움직였다.

　　할망들은 멀리서 우릴 발견하면 "개-애!!!" 하고
알아듣기 어려운 비명에 가까운 소리를 지른다. 그럴 때면
나는 멀리서도 잘 볼 수 있도록 똥봉투를 머리 위로 들어
올려 있는 힘껏 흔들었는데 그걸 보면 할망들은 더 큰
소리로 외친다.

우리 우영(텃밭)에!
개! 똥 씌우지 마라(못 누게 해라)!

손짓 발짓으로 아무리 설명을 해도 이미 우리를 포착한
할망들의 목소리는 점점 더 커지기만 한다. 두식이를
가운데 두고 할망과 나의 대화는 마치 통역이 없는 국제
심포지엄 같다. 할망들을 피해 경보를 하듯 힘차게 걸어
숲길에 이르기 전까지 평온한 산책은 꿈도 꿀 수 없다.

도시든 시골이든 큰 개와 함께 산다는 건 쉬운 일이
아니다. 두식이는 예쁘다는 말을 듣기보다는 늘 커다란
덩치로 먼저 주목받았고 때론 따가운 시선도 이겨내며
어쨌든 꽤 오랜 시간 동안 꿋꿋이 우리와 함께 살고

" 지극히 개인적인 관점에서 바라본

큰개 &

작은개 비교

너넨 왜이렇게
작니?

글쎄? 우리도 잘 모르게썽
그냥 우린
원래작아

큰 개		작 은 개	
장점	단점	장점	단점
존재감	존재감	작 다	인형으로 착각
OUTDOOR	크다	INDOOR	사건사고에 취약
편한 스킨십	경제적 부담	너무나 귀엽다	많이 짖는다 ㅜㅜ
강한 체력	운동량이 많다 (산책노예)	가방에 들어간다	개성깔있다
멋있다	빠른 늙음	인형 같다	오래따
		고급스런 사생활	

있다. 솔직히 두식이가 어렸을 땐 나는 작은 개를 키우는 사람들을 부러워한 적도 있었다. 대체 언제까지 크려나 하는 조바심도 있었다.

하지만 이제는 어디든 가방에 넣어 데리고 다닐 수 있는 인형처럼 작은 개가 부럽지 않다. 내가 조금만 자세를 낮추어도 우리는 같은 풍경을 함께 볼 수 있다. 바로 곁에서 툭 스칠 때의 부드럽고 묵직한 그 느낌도 어쩐지 마음을 든든하게 한다. 약간은 어리바리해 보이지만 커다랗고 과장된 움직임이 덩치에 어울리지 않게 귀여울 때도 있다. 할망들에게 똥봉투를 흔드는 나와 그 소란의 가운데 자기가 있다는 걸 다 알면서도 모른 척 볼일을 보는 모습이 어찌나 능청스러운지. 큰 귀를 뒤로 젖히고 도망치듯 걷고 있지만 그런 두식이 때문에 피식 웃음이 난다. 아, 그리고 저녁을 배불리 먹고 큰 개와 사람이 서로의 다리를 멋대로 걸치고 따뜻한 방바닥에 널브러져 누웠을 때의 그 기분은 어떻고.

큰 개, 큰 사랑. 사이즈는 별로 중요하지 않다. 크든 작든 어쨌거나 개는 사랑이니까.

* 래브라도리트리버의 평균보다 조금 더 큰 두식이는 체고 70cm, 몸무게 40kg 정도였으나, 평생의 다이어트와 각고의 노력 끝에 지금은 33kg을 유지하고 있다.

105

채식주의자는 아닙니다

고기를 먹지 않는다. 삼겹살 같은 걸 입안에 넣지 않게 된 게 햇수로 13년이 조금 넘은 것 같다. 완전한 비건을 지향해볼까 시도한 적도 있었지만 그건 생각보다 무척 어려운 일이었다. 자신의 신념을 지키기 위해 철저한 비건으로서의 삶을 살아가는 사람들은 진짜 대단하다고 생각한다. 내가 고기를 먹지 않게 된 계기를 이야기하려면 먼저 같이 사는 사람에 대해 약간의 설명이 필요하다.

남편은 우주와 세계의 현상에 대해 늘 관심이 많다. 별다른 일이 없는 저녁이면 맥주를 홀짝이며 어김없이 칼 세이건의 다큐멘터리 <코스모스>를 보고 있다. 그리고 완벽한 고기파다. 시댁 식구들은 만나면 하루 세 끼 좋은 고기의 좋은 부위를 이런저런 방법으로 요리해서 즐겁게 나누어 먹는다. 그리고 보통 사람들보다 조금 여행을 많이 한 정도가 다르다면 다를까, 그는 평범한 한국 남자다.

고기를 먹지 않게 된 시작은 역시 두식이 때문이었다. 남편과 충분히 상의하고 결정했지만 두식이를 키우기로 한 건 전적으로 나의 판단이었다. 두식이를 입양하고 초반엔 개가 있다는 이유로 그가 일상의 불편함을 느끼지 않도록 어린 개를 돌보고 가르치며 함께 사는 것에 신경을 많이 썼다. 두식이 나이 8~9개월쯤이던 어느 날 저녁이었다. 그는 그날도 늘 그렇듯이 좋아하는 다큐멘터리를 시청 중이었다. 남편은 티브이를 보다 말고, 저녁 산책을 다녀와 소파에 널브러져 있는 두식이와 나를 물끄러미 바라보더니 이렇게 말했다.

> 만약에 말이야. 지구에 대재앙이 와서
> 우리가 갑작스러운 식량난에 시달리게 되면
> 두식이가 우리의 비상식량이 되어줄 거야.
> 대단한 희생이지. 우린 두식이 덕에 적어도
> 일주일은 걱정 안 해도 돼.

그 말을 들은 나는 며칠을 곰곰이 생각했다. 지구 대재앙의 시국이 닥쳐서 사람들이 모여 앉아 비상식량으로 두식이를 나눠 먹다가 나에게 살코기 한 점을 들이미는 장면이 자꾸만 연상되었다. 그는 그저 가볍게 한 말이었는지도 모르는데 내 머릿속에는 자꾸 그런 장면만이 상상되었다.

나는 두식이를 먹을 수 없다고 단호히 말해야 한다. 아니 나에게 그런 말을 건네는 것 자체가 불가능하도록 그 상황을 원천봉쇄할 수 있어야 한다. 고민은 심도 있게 며칠간 이어졌다. 어떻게 하면 될까. 나는 아무리 배가 고파도 두식이를 먹고 싶지는 않은데. 설령 지구의 종말을 맞아 기아에 시달리더라도 그런 일만은 안 되는데. 나는 어떻게 해야 할까.

며칠 동안 고민한 후 드디어 결론을 내렸다. 생각보다 머리가 좋다고 혼자 감탄하며 남편에게 단호하고 결의에 찬 표정으로 이야기했다.

> 앞으로 난 고기 안 먹을 거야.

남편은 나를 쳐다보며 심드렁하게 대답했다.

응, 꽤 훌륭한 생각이네.

그렇게 약간은 엉뚱하게 비육식 선언을 하고 어쩌다 보니 10년이 넘는 세월이 흘렀다. 남편은 내가 이렇게 오랫동안 고기를 먹지 않을지는 상상도 하지 못했다고 한다. 그저 언제나 그랬듯이 마음속으로 이야기하고 말아도 될 것들을 상대에게 들리도록 읊어대며 또 새로운 다짐을 하는구나 정도로 생각했다고. 외식을 할 때마다 내가 제일 먼저 먹자 하던 메뉴는 삼겹살이었고 같이 굽고 삶고 쪄서 맛있게 먹었던 수많은 소, 닭, 돼지를 생각하면 이렇게 오랫동안 그 다짐을 이어갈 거라곤 생각도 하지 못했을 테니까.

고기를 먹지 않지만 나는 여전히 고기를 좋아한다. 돼지고기의 고소하고 쫄깃한 식감과 잘 익힌 소고기를 베어 물었을 때 입안에 퍼지는 육즙의 풍미가 얼마나 황홀한 것인지 정확하게 기억하고 있다. 고등학교 때 방과 후 친구들과 함께 먹으러 가던 부둣가 식당의 생양파와 고추, 막장이 한데 담겨 나오던 순대 한 접시, 대학생 때 늘 "3차는 ○○통닭으로!"를 외치며 달려가 먹었던 치킨의 그 짭조름한 냄새와 몽글몽글한 모양은 지금 이 순간에도 군침을 부른다. 그렇게 고기를 좋아하던 나였는데 이젠 고기를 먹지 않는다.

그로부터는 술을 많이 마시는 일도 줄어들었다. 고기를 먹지 않겠다고 선언하고 얼마 되지 않았을 때의 일이다. 친구들과 2차로 치킨집을 갔는데 생맥주 한 잔에

취기가 올라 나도 모르게 덥석 닭다리를 집어 들었다가
주변을 살핀 후 슬쩍 내려놓았다. 술자리 안주는 대부분
고기로 구성되어 있고 술은 마음을 흩트리기에 좋은
요소였다. 그 후 가급적 와인이나 맥주 한두 잔 정도로
음주를 가볍게 즐기는 쪽으로 바뀌었다. 그뿐 아니라
외식의 횟수도 현격히 줄어들었다. 두부나 빵 등 고기
이외에 내가 스스로 만들거나 키워서 먹을 수 있는 다른
먹거리에 관심을 가지게 되었고, 시간이 허락하는 때면
다양한 요리를 시도해보게 되었다.

　　고기를 먹지 않는다는 것은 일상의 많은 것에 변화를
불러왔다. 완전한 비건이 아니라서 사람들에게 엄청난
불편을 초래하진 않는다고 스스로 생각하지만 나의
기호 때문에 여러 상대를 신경 쓰이게 하고 있을 것이다.
누군가 나와 식사 약속이라도 잡게 되면 '아, 메뉴는 뭘로
하지?'부터 생각할 것이 뻔하다. 대부분의 한국 사람들은
특별한 날 다 같이 즐겁게 고기를 먹는 것을 좋아하기
때문에 내가 또 그 흥을 깨는 것 같아 미안하기도 하다.

아주 오래전부터 완벽하게 비건의 삶을 사는 친구들이
있다. 그들은 경건하게 느껴질 정도로 열심히 신념을
지키며 살았다. 그 친구들이 얘기하는 비육식의 기준이란
'눈이 달린 것을 먹지 않는다'는 것이었다. 한국에서
비건으로 살아간다는 것이 꽤나 힘들었을 텐데 그들은
시골 마을에서 집을 짓고 농작물을 가꾸는 자급자족의
삶을 살며 스스로에게 한 약속을 잘 지켜냈다. 하지만
얼마 전 녹록지 않은 한국 생활을 정리하고 결국 영국으로

돌아갔다. 사실 나는 비육식 선언을 한 이후 지속적인 영감을 이들 가족으로부터 받았고 몇 년에 한 번씩 그들을 만날 때마다 늘 새로운 정보와 긍정의 에너지를 얻곤 했다. 그들은 남편이 영국에서 살던 시절 집주인과 하숙생의 인연으로 만나게 되었는데 내가 그들을 처음 만난 건 두식이가 내 인생에 등장하기 훨씬 이전이었다.

그들에게서 받았던 첫인상을 잊을 수 없다. 어느 한겨울, 상수동 가게에 들어오던 가족의 모습이 기억난다. 세 사람이 면으로 된 코르덴 기모 재킷을 입고 컨버스 종류의 운동화를 신고 있었다. 그 흔한 털목도리 하나 두르지 않은 그들을 보며 세상에 저런 사람들도 있구나 하고 생각했을 정도로 그 가족에게서 흘러나오는 특유의 맑은 에너지가 인상적이었다. 겉모습은 소탈했지만 그들의 눈빛은 반짝이고 있었다. 또 하나 정말 신기한 것은 우리 집에 그들이 놀러 오면 손님들에게 곁을 잘 주지 않던 고양이를 포함한 모든 동물들이 따뜻한 난로 앞에서 불을 쬐듯 그 친구들 곁에 옹망졸망 모여 앉는다는 것이다. 그들의 어깨와 무릎 위에 우리 집 동물들이 올라앉은 광경을 보고 있으면 어쩌면 당연하고 자연스러운 장면 같다고 생각하게 된다.

마트에 가면 좋은 고기가 넘쳐난다. 내가 사는 제주도는 특히 좋은 육류가 많다. 방목하여 풀을 먹이고 좋은 환경에서 키운 최고 등급의 육류도 쉽게 구할 수 있다. 하지만 그런 모든 것이 나에게는 해당 사항이 없다. 솔직히 나는 완전한 채식을 하는 것도 아니고 다만 내가 정한 원칙대로 소, 닭, 돼지와 기타 가금류를 먹지 않겠다는 정도인데, 사실 이조차도 쉽지는 않다. 가족 모임에서 눈총을 받기도 하고 다른 사람을 피곤하게 할까 늘 앞서 신경을 쓰게 된다. 고기를 좋아하는 남편은 고기가 먹고 싶어도 늘 내 눈치를 본다. 그럴 때는 미안하다. 마누라의 괜한 고집 때문에 삶의 균형이 깨어질까 걱정도 된다. 남편은 그저 웃자고 한 농담인데 나는 죽자고 달려들었던 것인지도 모르겠다.

　이 비육식 선언을 언제까지 이어갈지 모르겠지만 그래도 나는 고기를 먹지 않는 지금의 삶이 좋다. 두식이 때문에 고기를 먹지 않았으니 두식이가 없으면 다시 고기를 먹게 될까. 하지만 고기를 먹지 않아도 맛있는 것들이 세상에는 생각보다 꽤 많다는 걸 알게 되었고, 나 하나쯤이라도 고기를 먹는 사람이 줄어들어서 어쩐지 세상에 보탬이 되는 것 같아 마음이 가볍다. 아, 그리고 다행스럽게도 내가 두식이와 사는 동안 비상식량으로 버텨야 할 정도의 그런 대재앙은 아직 오지 않았다. 진심으로 다행이다.

두식이와 두식이

가게와 집이 같이 있던 상수동에 살던 때다. 작고 까만
개 한 마리가 마당을 가로질러 쏜살같이 가게 안으로
들어왔다. 난생처음 보는 개는 말릴 겨를도 없이 가게
안을 샅샅이 살피더니 집과 연결된 문틈을 박박 긁기
시작했다. 이 일을 어찌할까 하고 있는데 한참이 지나서
견주로 보이는 화려한 차림의 여자가 헐레벌떡 가게
안으로 들어왔다.

아이고, 두식아!!

두식이라니? 우리 두식이는 분명 집 안에 있는데! 저
여자는 왜 남의 가게에 와서 남의 개 이름을 저렇게
애타게 부르는 것일까. 아무리 보아도 개도 견주도
우리와는 꽤 먼 다른 별에서 온 것 같았다.

그날 후로 작은 두식이는 산책길에 우리 집 앞을 그냥
지나는 법이 없었다. 거기 그 안에 있는 거 다 알고 있으니
어서 빨리 나오라는 듯 작은 몸을 깡충거리며 가게 안에
손님이 있건 말건 아랑곳하지 않고 사정없이 짖어댔다.
작은 두식이는 스코티시테리어종이어서 우리 두식이보다
훨씬 작은 중소형견이었지만 나이와 성별이 같아서인지
급속도로 친해졌다. 몸집 차이가 그렇게 나는데
희한하게도 둘은 늘 서로의 정도에 맞게 힘을 겨루며 잘
놀았다.

느닷없이 나타나 주도적으로 우리 두식이의 존재를
찾아낸 까만 강아지 작은 두식이는 당차고 자기 의사가
분명한 개였다. 제자리에서 짧은 네 다리로 점핑하며
짖는 모습이 춤을 추는 것처럼 보이기도 하고 노래를
부르는 것처럼 보이기도 했다. 그렇듯 개성이 넘치는 작은
두식이는 많은 사람들에게 함박웃음을 주곤 했다.

왜 둘의 이름이 같은지는 모르겠다. 어쨌거나 이들은
스타일이 전혀 다른 그들의 인간 가족들과는 상관없이
세상없는 단짝이 되어 홍대의 골목을 누비며 많은 시간을
함께했다. 작은 두식이의 엄마는 젊었고 늘 바빠서
우리는 교외로 놀러 갈 때 작은 두식이를 데려가기도
했고, 그녀가 여행을 떠난 동안 우리 집에 데려와 머물게
하기도 했다. 반대로 우리가 명절을 보내러 지방을 내려갈
때면 두식이도 작은 두식이네에 가 있곤 했고. 두식이와
두식이는 각자의 집과 가게 구조와 라이프스타일에
우리들보다 익숙했고 능숙했다. 크고 작지만 두식이라는
같은 이름을 가진 개 두 마리는 그렇게 각자의 공간을
넘나들며 아무런 걱정도 거리낌도 없이 어깨동무를
하고서 함께 젊은 견생을 보냈다.

우리가 제주에 내려오고 얼마 지나지 않아 작은
두식이네도 제주도로 이사를 왔다. 이들의 우정은
노년까지 가려는가 보다 하며 참으로 대단한 인연이라
생각했다. 우리는 중산간 마을, 작은 두식이네는 바닷가
마을에 터전을 잡았기에 가끔씩 만나면 안부를 묻곤 하며
지내왔다.

그러던 어느 날 시 외곽에서 하는 마켓에 들렀다가 셀러로 나온 작은 두식이의 엄마를 우연히 만났다. 우리는 늘 만나면 개들의 안부를 먼저 묻던 터라 나는 그날도 당연하다는 듯 작은 두식이의 안부부터 물었다. 그녀의 평소 성격대로라면 "아휴, 너무 잘 있죠."라는 대답이 바로 나와야 하는데 나의 인사에 작은 두식이 엄마의 커다란 두 눈이 일렁이고 있었다. 순간 정적이 흘렀다. 우리는 누가 먼저랄 것도 없이 쏟아지는 눈물을 어찌할 수가 없었다. 좋은 계절이었고 음악이 흐르고 사람들은 쇼핑을 하고 접시에 담은 맛있는 음식들을 여유롭게 먹고 있는데, 우리 둘은 하염없이 눈물을 흘리며 등을 돌려 서로에게서 더 멀리 달아나고 있었다. 작은 두식이는 몇 달 전 예기치 못한 사고로 무지개다리를 건넜다 했다. 정말 이별은 믿을 수 없이, 어느 순간에 찾아왔다.

언제였던지 잘 기억나지 않지만, 읍내에 볼일을 보고 드라이브 삼아 바닷가 마을을 지나던 때였다. 남편과 나는 집 앞에 작고 까만 돌처럼 앉아 물끄러미 바다를 바라보고 있는 작은 두식이를 보았다. 우리는 멀리서 그 모습을 바라보며 "와 두식이다! 작은 두식이 여전하구나. 짜식!" 하고 웃으며 기분 좋게 그곳을 지나갔었다. 그것이 우리가 이 우주에서 만난 작은 두식이의 마지막 모습이었다.

나는 소식을 들은 그날 저녁 집으로 돌아와 두식이를 불러 친구의 죽음에 대해 최대한 길게, 정성껏 이야기해주었다. 아무리 설명해도 알아들을 수 없겠지만 그래도 두식이는 작은 두식이의 베프였으므로 그에 대해서 세상 어느 누구보다도 정확하게 기억하고 있을

것이다. 털의 감촉, 귀의 느낌,
목소리, 온도, 똥꼬의 냄새……
그에 대한 모든 것을 세상
누구보다 더 정확하게 알고 있을
것이다.

작은 두식이

이젠 두식이도 할아버지가
되었고, 가장 친한 친구였던 작은 두식이를 언젠가
만나게 될 것이다. 두식이와 두식이가 다시 만난다면
하고 상상해본다. 멀리서 작은 두식이가 통실한 까만
엉덩이를 흔들며 또각또각 다가오면 큰 두식이는
발걸음을 우뚝 멈추고 커다란 귀를 뒤로 접고 그 자리에서
한참을 얼음처럼 서 있겠지. 너무 놀라 등덜미의 털이
갈기처럼 설지도 모르겠다. 작은 두식이라는 걸 완전히
알아차린다면 반갑고 놀라워 전속력으로 달려가겠지.
　그러고는 목덜미를 핥고 귀를 왕왕 깨물며 컹컹 개의
언어로 말하겠지.

　　와, 너 그동안 도대체 어딜 갔었던 거야?

　　그러게나 말이야!

둘은 언젠가 그렇게 뜨겁게 다시 만나겠지.

116

바베시아 바베시아

제주에는 바다도 있고 산도 있다. 제주는 워낙 크고 넓은 섬이라 동네 바깥으로 조금만 나가면 바다도 산도 명확하게 한눈에 보인다. 정확하게 산이라고는 한라산 하나뿐이니 육지 사람들에게 산처럼 보이는 모든 것은 사실 오름이다. 제주의 이 수많은 오름은 한라산의 화산이 폭발 할 때 옆에서 팥죽의 새알처럼 폭폭 끓어오르던 작은 기생화산들이었는데 볼록하게 솟아 있지만 그 안에는 오목한 굼부리가 있다.

　오름은 육지의 야트막한 뒷산처럼 생겼지만 나무가 많지 않고 대부분 초지로 되어 있다. 날씨가 좋은 날은 정상 가까운 곳까지 말과 소가 올라 다닌다. 목가적이며 아름답고 이국적이다. 오름은 제각각 그 모양이 달라서 해 질 녁 오름과 오름 사이에 서 있으면 다채로운 능선이 만들어 낸 빛과 그림자에 드라마틱한 비경이 펼쳐지기도 한다. 무엇보다 초록이 푸르른 오름은 개를 풀어 무한 질주하게 하고 싶은 욕망을 들끓게 한다.

　이뿐 아니라 개를 키우는 사람을 유혹하는 광활한 풍경은 마을에서 조금만 벗어나면 제주 어디에나 펼쳐진다. 도시에서 늘 주눅 들어 살던 우리는 당당하게 들판을 누빈다. 개들이 들판에서 털을 휘날리고 꼬리를 찰랑대며 자유롭게 질주하는 모습을 보는 것만으로도 잃어버렸던 자유를 찾은 듯 기쁘다. 활짝 웃는 개의 얼굴에 어린 기쁨과 해방감에 인간도 절로 행복해진다.

　그런데 그러다가는 바베시아에 걸리기 딱 좋다.

우리가 사는 마을 주변에는 유난히 오름이 많다. 제주 동쪽의 크고 작은 오름들이 마을을 중심으로 사방에 펼쳐져 있다. 제주로 이주해 온 초창기엔 관광객도 거의 없어서 두식이는 우리와 주변의 웬만한 오름들을 모두 함께 올라 다녔다. 우리는 두식이와 온갖 오름을 헤집고 다니며 봄꽃의 아름다움과 가을 억새의 장관을 보았고 사람들에게 알려지지 않은 오름과 그 사이의 광활한 초지를 원없이 뛰어다녔다. 그걸로도 성에 안 차 사람이 없는 더 깊은 곳을 찾아다녔다. 어떤 날은 탐사 수준으로 풀숲을 헤치고 들어가 사람들이 떠나버린 마을 터에서 실컷 놀다 오기도 했다. 몇십 년 동안 인적이 닿지 않은 고즈넉함이 꿈길을 걷는 듯 착각을 일으킬 만큼 아름다운 곳들이었다.

그렇게 신나서 탐험을 하다가 입도 1년이 채 되지 않았을 때 두식이는 바베시아에 걸리고 말았다. 어느 봄날에 탐사를 마치고 집으로 돌아와 보니 눈에 잘 보이지도 않는 깨알 같은 진드기가 두식이의 온몸에 붙어 있었다. 바다로 데리고 가 한참 수영을 하고 부랴부랴 외부구충제를 목덜미에 발랐지만 정확하게 일주일 후 두식이는 밥도 물도 먹지 않고 수척해졌다.

두식이가 바베시아에 걸리고 나서야 처음 제주에 와서 두식이를 데리고 검진 차 시내의 동물병원을 갔을 때의 기억이 떠올랐다. 간단한 검진을 마친 의사 선생은 두식이와 나에게 손바닥을 펼치며 이야기했다.

118

육지에서 오셨지요? 제주에서 개와 함께 살게
되면 이 두 가지를 절대 조심해야 합니다.
첫째 (엄지손가락을 접으며) 바베시아,
둘째 (검지손가락을 접으며) 심장사상충.
이 두 가지만 조심하시면 됩니다.
즐겁게 산책하세요.

우리는 그때 제주로 온 지 얼마 되지 않아 한껏 들떠
있었고, 그런 우리가 염려되었던지 초면에 애써 당부했던
그 중요한 이야기를 나는 한 귀로 흘려들었다. 그리고
결국 두식이는 그 두 가지 중 하나인 바베시아에 걸렸다.
처음엔 병원 치료를 받고 다 나은 듯해서 일상으로
돌아와 생활했는데, 어느 날 재발해 빈혈 수치가 무섭게
떨어졌다. 걷는 것조차 힘겨운 상태가 되었다. 결국
상태는 더 악화되어 로컬 병원에서는 해결할 수 없는
수치까지 내려갔다. 두식이의 노란 털옷은 하얗게 변했고
치료를 위해 맞는 주사가 아프다며 엉엉 소리 내어
울었다. 제주도 내에서 제일 크다는 대학병원까지 갔지만
명쾌한 처치 방법이 없었고 모든 것이 불투명했다.

두식이가 바베시아를 완전히 이겨내는 데는 꼬박
1년이 걸렸다. 치료를 받고 나서도 늘 조심해야 했다.
그 시간 동안의 고생이 잊혀지지 않아서 나는 아직도
누구네 집 개가 바베시아에 걸렸다더라는 얘기만 들어도
내 일처럼 마음이 아프다. 개도 견주도 얼마나 아프고
힘들지, 생사를 가늠할 수 없는 안개 속에 서 있는 듯한 그
혼미함이 어떤 것인지를 잘 알기 때문이다.

119

바베시아.
바베시아.

바베시아는 두 번 말해야 한다. 그만큼 제주에 살게
될 모든 개 가족들에게 조심하기를 당부하고 싶다.
바베시아는 잊을 만한 순간 재발하기 때문이다. 약간의
주의만 기울여도 충분히 걸리지 않을 수 있는 병이므로
나와 두식이처럼 두 번이나 아픔을 반복하며 그렇지
않아도 짧은 견생을 소모하지 않기를 바란다. 오늘보다
더 멋진 내일의 산책이 기다리고 있는 아름다운 제주에서
바베시아, 바베시아를 조심하세요. 여러분!

120

야 채 수 프

두식이에게 무엇을 먹이느냐는 늘 너무 어려웠다. 어릴 때는 어려서, 나이가 들어서는 늙어서, 그때그때 모든 것이 조심스러웠다. 사람이라면 내가 먼저 먹어보거나 먹는 쪽의 기호를 물어봐서 좋다는 것을 더하고 싫다는 것을 빼가며 쉽게 보완할 수 있을 텐데, 인간이 아닌 다른 종의 가족이란 난감할 때가 참 많다. 어떤 사료가 제일 좋다 하는 정답도 없고 꽤 오랜 시간 동안 지속적으로 방황하는 느낌이다. 오죽하면 사료 유목민이라는 말이 다 생겼을까.

　왕성한 식욕과 소화력을 자랑하는 어린 개일 경우는 그래도 쉽다. 개가 먹어서는 안 되는 것만 제외하고 즐겁게 먹을 수 있다면 뭐든 다 괜찮은데 문제는 나이가 들어가면서부터다. 10살이 넘어가니 튼튼하던 개가 약해지는 순간이 불쑥불쑥 찾아오고 그럴 때면 일상의 전반이 휘청거리는 느낌이었다. 이리저리 챙겨 먹여도 뒷다리 근육이 줄었다 늘었다를 반복했다. 두식이에게 무엇을 먹일지에 대한 고민이 매일 이어졌다.

어쩔 수 없이 주식은 늙은 개를 위해 만들어진, 좋은 성분의 기성 사료를 사서 먹였다. 끊임없는 검색과 주변의 도움으로 적당하다 싶은 사료를 선택했다. 두식이는 10살 무렵에 비장에 종양이 생겨 큰 수술을 받았고 조직검사 결과 악성종양의 일종인 혈관육종 진단을 받았다. 여명이 얼마 남지 않았다는 사형선고 비슷한 것을 받았던 셈이다.

야채 SOUP RECIPE !

* 정성스럽게 재료를 다듬고,
시간을들여 만드는것이 POINT !

「양배추. 토마토. 당근」
★ 표 야채는 꼭들어간다 (main)
* 제철야채는 꼭 넣는다
한겨울의 시금치, 여름토마토

★ 토마토

당근 ★

피망

★ 양배추

브로콜리

시금치

(고으듯)
푹 끓인다

유리냄비

뚜껑을 덮어 한참둔다
밥에 뜸을 들이듯이 ..

적당히
식힌다음

윙=잉

블렌더를 이용해서
곱게 갈아준다

(최대5일)
* 유리병에담아 냉장보관

개 나이 10살 정도면 살 만큼 살았으니 별다른 치료로
힘들게 하지 말고 좋아하는 고기라도 실컷 주라는
이야기도 들었다.

　내가 두식이에게 야채수프를 끓여서 먹이기 시작한 건
그때쯤이었던 것 같다. 나는 두식이가 좋아하는 고기 대신
야채수프를 선택했다. 모든 상황을 받아들여야 했지만
그것은 쉽지 않은 일이었다. 나는 뭐라도 하고 싶었다.
일단 그 과정이 딱히 어렵지 않아서 그냥 그때부터
지금까지 쭉 야채수프를 끓이고 있다. 일주일에 한 번 한
시간 정도면 충분하다. 소화력은 줄었지만 식욕은 좀체
줄지 않아서 야채수프 덕에 밥의 양도 늘어나니 두식이의
반응도 좋다. 물론 내 생각일 뿐, 두식이도 그렇게
생각하는지는 모르지만.

너 무 다 정 해 서

개 고양이와 함께 살다 보면 자꾸만 전생론을 펼치게
된다. 두식이는 전생에 무엇이었을까. 나와는 어떤
관계였을까. 어째서 우리는, 지금 여기서, 만나게 된 걸까.
보통은 상상력을 발휘해보다가 의미가 없기도 하고 알
수도 없기 때문에 제풀에 지쳐 곧 그만둔다. 그런데 우리
집에 그런 전생론에 늘 가장 우선순위로 등장해 가장 오래
거론되는 애가 있다.

　　다정이다. 애도 개다.

다정이라는 이름은 두식이에게 너무 다정해서 처음
만난 날 그 자리에서 붙여진 이름이다. 다정이는 우리가
제주도에 온 그해에 앞집에서 낳은 열 마리 강아지 중
한 마리였다. 처음엔 그 집에 세들어 있던 식당에서
키우겠다며 데려갔지만 무슨 사정인지 며칠 만에 키우지
못하겠다고 했다. 다시 주인집으로 돌아가 이리저리
치이다가 개장수에게 팔려 갈 운명인 작고 여린 강아지를
외면할 수 없어 우리는 일단 임시로라도 데리고 있기로
했다.

　　다정이는 두식이의 콧등만큼 조그만 강아지였는데
두식이를 보자마자 꼬리를 빙글빙글 흔들며 선뜻
다가가더니 품안에 쏙 들어가 앉았다. 두식이는 처음엔
굉장히 곤란한 얼굴로 다정이를 피해 도망다니더니
집요한 애정 공세가 계속되자 '귀찮지만 이놈의 인기는
어쩔 수 없군.' 하며 못 이기는 척 받아주었다. 두식이가

소파 위의 독식이와 다정이

자기를 받아주기 시작하자 다정이는 본격적으로 두식이 사용법을 연구하기라도 하듯 엎드린 두식이의 등이 소파인 양 올라가 눕기 시작했다. 잘 때도 놀 때도 밥을 먹을 때도 화장실을 가는 시간 외에는 늘 두식이 옆에서 껌처럼 붙어서 지냈다.

다정이가 4개월 무렵 되었을 때 동네에 강아지를 키우고 싶어 하는 사람이 있다며 누군가가 얘기를 건네준 적이 있었다. 임시로 데리고 있기로 한 강아지였으므로 좋은 사람이라면 다정이를 보내야 했다. 나는 아무도 몰래 혼자서 다정이를 데려가고 싶다는 그 집에 슬쩍 가보았다. 마당 한구석에 커다란 낡은 개집이 놓여 있었다. 그 개집을 보자 어쩐지 다정이를 보내고 싶지 않아져서 거절했는데 뒤돌아서며 약간 후회되는 양 갈래의 내 마음이 이상했다. 그 집에는 나중에 다른 강아지가 입양되어 갔는데 그 녀석은 우리 마을 개 출산의 역사를 새로 쓴 다산의 강아지가 되었다.

　　어릴 때는 괜찮았는데 크면서 다정이는 말썽꾸러기가 되어갔다. 임시보호라고 생각해서 따로 훈련을 하지 않았던 우리 잘못이었다. 다정이는 틈만 나면 담을 넘어 집을 나갔고 혼자 동네를 쏘다니다가 숨이 턱밑에 찰 때쯤 들어왔다. 그것이 습관이 되어 함께 산책을 하고 와도 혼자 나가서 동네를 한 바퀴 더 돌고 와야 직성이 풀리는 지경에 이르렀다. 저명한 훈련사 선생님에게 조언을 구했으나 단칼에 고개를 저으며 어린 시절부터 버릇된 토종개들의 그런 성향은 고쳐지지 않는다고 했다. 집 나간

다정이를 두식이와 나는 정말 열심히도 찾으러 다녔다. 세 살 버릇은 어떻게 해도 고쳐지지 않았고 하얀 강아지가 몇 초 만에 까만 돌담을 타 넘는 모습은 우리끼리 보고 말기에는 아까울 정도의 명장면이었다. 두식이와 나는 다정이에게 속고 또 속았지만 그래도 어쩔 수 없이 동네 마실을 마치고 돌아온 다정이를 안도의 한숨으로 반갑게 맞이해주었다.

그런 다정이가 벌써 10살이 되었다. 두식이의 어깨너머로 모든 것을 배워 두식이가 하는 모든 것을 반쯤은 따라 하는 실내견으로 거듭났다. 나이가 들었어도 여전히 활력이 넘친다. 두식이의 산책길엔 늘 다정이가 함께한다. 다리가 아픈 늙은 두식이 옆에서 다정이는 페이스메이커 역할을 하고 밥을 먹을 때도 잠을 잘 때도 항상 활기찬 에너지를 나누어주며 두식이와 24시간 함께한다. 다정이가 어릴 때는 두식이를 껌딱지처럼 따라 다니곤 해서 두식이가 아빠 같기도 했는데, 지금 두식이에게 다정이는 없어서는 안 될 둘도 없이 중요한 친구가 되었다.

시골에서 갓 태어난 강아지의 몸값은 마리당 만 원 정도다. 다정이는 내가 정식으로 입양을 결정해 데려온 개가 아니다 보니 값을 치르는 시기가 애매하게 지나버렸다. 남들이 정한 개에 대한 평균의 값을 인정하고 싶지 않지만 그래도 동네에 책정된 룰이란 것이 있으므로 모른 척할 수는 없었다. 다정이가 1살 정도 되어 중성화

수술을 마치고 돌아오는 길, 장에서 잘 익은 참외 한
봉지를 사서 다정이의 엄마가 살고 있는 주인집을 찾아가
문지방에 슬쩍 얹어두었다.

참외 한 봉지와 맞바꾼 귀가 큰 하얀 강아지.
    그래서일까. 다정이는 여름만 되면 아삭아삭 참외를
맛있게 잘도 먹는다.
    그리고 어째서인지 다정이는 세상 모든 개 중에
두식이에게만 다정하다.

덕천에서 왔어요

퇴근 후 집으로 돌아오는 길. 집 앞 후박나무 아래 무언가 움직이고 있었다. 서성이는 작은 그림자 끝에 팔랑팔랑 흔들리는 개의 꼬리가 보였다. 어둠에 묻혀 잘 보이지 않았지만 유난히 짧은 실루엣의 개 한 마리가 온몸을 분주하게 흔들고 있었다. "안녕? 너는 누구니?" 인사를 건넸더니 개는 제자리에서 봉봉대며 뛰기 시작한다. 난생처음 보는 개가 몸을 흔들고 엉덩이를 흔들며 요란한 꼬리짓으로 나를 반겼다. 개는 "으-응, 으-응." 희한한 소리를 내며 발치로 다가와 작고 빳빳한 꼬리를 더욱 힘차게 흔들었다.

이웃에 덕천이라는 마을이 있다. 차로는 10분 정도 거리지만 보통의 걷는 걸음으로는 꽤 멀다. 덕천이는 그 마을에서 왔다. 앞집 할아버지의 아들네에서 키우던 개라고 했다. 아랫동네까지 소문난 주당인 아들이 갑작스레 병원에 입원을 하자 그가 키우던 소와 돼지와 말, 개와 고양이, 닭과 거위…… 많은 생명이 남겨진 채 방치되어 있었다. 할아버지는 저녁 무렵 경운기를 타고 비어 있는 아들집을 둘러보러 다녀왔는데 그중 한 마리의 개가 할아버지의 경운기 뒤꽁무니를 따라 어둠을 헤치며 필사적으로 여기까지 왔다. 그렇게 덕천에서 온 덕천이는 할아버지 집 앞에서 겨울부터 이듬해 여름까지 1미터도 안 되는 짧은 줄에 묶여 살았다.
　　덕천이는 아직 1살이 되지 않은 작은 누렁이였는데

생긴 것도 하는 행동도 내가 보아온 개들과는 조금
달랐다. 몸집은 작지만 차돌처럼 다부졌고 움직임은
유독 가볍고 날렵했다. 사람들은 덕천이를 제주도
토종개라고 했다. 소리로 의사를 표현하는 스타일이어서
늘 시끄러웠다. 마을 방송이 나오는 날이면 리사무소에서
마이크라도 쥐여준 듯 동네가 떠나가라 짖어댔다.

　덕천이는 인사성이 밝고 귀여운 개였다. 자기 앞으로
지나가는 나를 볼 때마다 귀를 한껏 뒤로 젖히고 퐁퐁퐁
제자리 뛰기를 하며 격렬하게 인사를 건넸다. 덕천이가
묶여 있는 곳은 하필 우리 집으로 들어오는 긴 올레의
한가운데쯤이어서 내가 골목에 들어서기만 해도 반길
준비를 하는 개를 못 본 척할 수가 없었다. 가방 속에
먹을 것이 있는 날이면 가방을 탈탈 털어 덕천이에게
모두 건네주고 집으로 들어와야 마음 편하게 하루 일과를
마무리할 수 있었다. 오가는 길에 비를 쫄딱 맞고 서
있거나 땅을 파서 똬리를 틀고 엎드려 매서운 추위를
견디는 모습을 차마 볼 수가 없어서 남편에게 부탁해 집도
만들어주었다. 낡은 노끈 뭉치가 목을 옭아매고 있는 것이
마음에 걸려 철물점에서 튼튼한 목줄을 사서 몇 번이나
바꾸어주었다.

　계절이 바뀌고 해가 넘어가도 덕천이는 언제나 그
자리에서 세차게 꼬리를 흔들며 늘 같은 모습으로 나를
반겼다. 귀엽고 사랑스러웠지만 그런 덕천이를 보면
안타까운 마음이 자꾸만 고개를 들었다. 어떤 날은 그런
마음조차 미안해져서 그 앞을 지나는 발걸음이 무거웠다.
지나치게 가까워지면 늘 문제가 생긴다. 그러나 그때는

미처 몰랐다. 사람처럼 개도 적당한 거리를 유지해야
한다는 것을.

말복이 가까워진 어느 여름날 오후였다. 짧고 강한 개의
울음소리 같은 것이 들려서 창문을 열어보니 담 너머
건넛집 개들이 옆집 할아버지 댁을 향해 요란스럽게
짖고 있었다. 할머니는 물청소를 하며 덕천이가 묶여
있던 주변을 정리하고 있었다. 덕천이는 보이지 않았다.
어쩐지 이상한 기분에 나가보니 할아버지 댁 뒷마당에서
인기척이 느껴졌다. 주섬주섬 무언가를 하고 있던
할머니는 나를 보자 얼음처럼 굳는가 싶었는데 애써
태연한 표정을 지었다.

무사?

할머니, 덕천이는 어디 있어요?

할머니는 내 질문이 끝나기도 전에 윗마을 사람에게 3만
원에 팔았다고 했다. 하지만 어느 집으로 언제 팔았는지
내가 되묻자 말끝이 흐릿해지더니 개를 잡아오면 3만
원에 팔아주겠다고 해서 뒷마당에서 할아버지가 개를
잡고 있다고 했다. 나는 기겁을 해 고함을 질렀다.

할머니, 그러면 안 돼요!

남편과 형님 동생 하는 이웃의 삼촌이 격앙된 내 목소리를

들고 나와 "괜찮아요, 제수씨. 진정하세요." 하며 나를
다독였다. 나는 더 큰 소리로 "괜찮긴 뭐가 괜찮아요!!"
하고 대답했다. 상황이 점점 더 소란스러워지자 할머니는
뒷마당 쪽을 보며 크게 소리를 질렀다.

영감!! 고만해라!!

잠시 후 뒷마당에서 할아버지가 거친 숨을 쉬며 터벅터벅
걸어 나왔다. 할아버지의 손에는 자루가 없는 짧은
삽이 쥐여 있었다. 할아버지는 마당 구석에 빗물을
모아둔 양동이에서 물을 그러모아 신고 있던 장화와
삽에 끼얹었는데 시뻘건 핏물이 장화를 타고 바닥으로
흘러내렸다. 갑자기 몸의 마디마디가 파르르 떨렸다. 그런
나를 보며 할머니는 엄포하듯 큰 소리로 말했다.

개 죽었다. 뒷마당에는 가지 말라!

내게 그 말을 하고 두 사람은 소리 없이 집 안으로
들어갔다. 앞집 삼춘도 어느새 사라졌다. 나는 이웃
할머니의 마당에 혼자 남아 우두커니 서 있었다. 멈춘 듯
고요한 시간 위에 미동조차 없이 한참을 그렇게 서
있었다. 그리고 잠시 심호흡을 하고 (어디서 그런
용기가 났는지 모르지만) 정말로 개가 죽었다면
묻어주어야겠다는 생각에 뒷마당으로 걸어 들어갔다.
어딘가 누워 있을 덕천이를 상상하며 주변을 둘러보는데
어떤 움직임도 포착되지 않고 정적만 흘렀다.

133

　　온 얼굴이 피로 범벅이 되어 마당 구석의 은행나무 등걸에 기대어 앉아 있는 덕천이를 발견한 건 한참 후였다. 개는 진작부터 짧은 노끈에 칭칭 감긴 채 반은 넋이 나간 표정으로 나를 보고 있었다. 아무런 소리조차 내지 못하고 있었다. 나는 온몸에 감긴 줄부터 풀어주었다. 내가 철물점에서 하나둘 사다주었던 그 목줄들이었다. 죽었다던 개는 묶인 줄을 풀어주자 벌떡 일어나 어딘가로 뛰어갔다. 이웃집 창고로 몸을 숨긴 덕천이는 온몸을 바들바들 떨며 거친 숨을 내쉬었지만 용케도 네 다리로 서 있었다. 나는 놀란 마음을 진정하고 남편에게 전화를 걸었다. 그는 한달음에 달려와 덕천이를 보며 말했다.

　　　　걱정 마, 죽진 않겠다…….

그리고 그는 할아버지에게 가서 조심스럽게 얘기를 건넸다.

　　　　어르신, 이 개를 저희한테 파세요.

그는 할아버지 집 마루의 문지방에 3만 원을 밀어 넣었다. 어르신은 고개를 돌린 채 돈은 안 받겠다며 한사코 거절했다. 남편은 3만 원을 다시 할아버지 쪽으로 밀었고 할아버지는 그 돈을 다시 밀어 던졌다. 잠깐 동안 실랑이가 이어졌다. 할아버지는 돌아앉은 채 미안하다며 개를 데려가라고 했다. 끝끝내 그의 눈을 쳐다보지 않았다.

덕천이는 그렇게 우리 집에 왔다. 덕천이를 데리고
마당으로 들어오던 순간을 나는 잊지 못한다. 이 문을
넘어도 될까. 그 짧은 시간 동안 수많은 생각이 머릿속을
맴돌았다. 그걸 아는지 모르는지 덕천이는 조심스럽게
꼬리를 흔들며 나를 따라 우리 집으로 왔다. 물로 씻어
상처 부위를 확인해보니 삽에 맞았는지 한쪽 눈은 심하게
돌출되었고 송곳니도 부러져 있었다. 얼굴도 여러 군데 속
피부가 보일 정도로 찢어져 있어서 가까운 가축병원으로
데리고 가 봉합수술을 받았다. 다행스럽게도 보이는
외상 외에 다른 큰 상처는 없는 듯했고 빠르게 회복하는
덕천이를 보며 워낙 귀여운 녀석이니 곧 입양처를 찾을 수
있을 거라 생각했다.

그런데 덕천이는 그날의 일로 심각한 마음의 상처를
입은 듯했다. 내가 알던 덕천이는 그런 개가 아니었는데
뒷다리에 무언가 스치기라도 하면 일순간 패닉에 빠져
바닥을 데굴데굴 구르며 비명을 내질렀다. 세상에 내가
아는 개라고는 순한 두식이와 천진난만한 다정이가
전부이던 시절이라 당혹스러웠다. 어쩐지 모든 것이
내가 생각한 것과 정반대로 흘러가는 것 같아 머릿속이
어지러워졌다.

꽤 오랜 시간 덕천이의 입양처를 알아보았으나 마땅한
사람은 나타나지 않았다. 결국 덕천이는 우리와 함께 살게
되었다. 우리는 그 덕에 순식간에 개가 세 마리인 집이
되어 '조금 특이한 사람들의 대열'에 합류하게 되었고,
덕천이는 오늘도 마을 방송이 울리면 동네가 떠나가라

짖는다. 개나 고양이와 상관없는 삶을 사는 사람들이
나를 보면 '아니, 어쩌자고 이런 일에 이렇게 에너지를
쓰고 살아요?' 하며 어처구니없다 할지도 모르겠다. 나도
내게 왜 이런 일들이 생기는 건지 모르겠다. 여전히 내
주변에는 개가 많고 고양이들도 '흥, 난 인간에겐 진짜
관심 없어.' 하며 내 앞을 살금살금 지나다닌다. 그리고
나는 제주도의 시골 마을에서 여전히 그들과 함께 산다.
　　그날 내가 개 짖는 소리를 듣지 않았더라면. 내가
나가지 않았더라면. 애초에 어둠 속에서 덕천이를 처음
만난 날 안녕 하고 인사를 건네지 않았더라면. 뭔가
달라졌을까. 꽤 오랜 시간이 지났지만 해맑은 얼굴로 꼬리
흔드는 덕천이를 보면 그날의 기억이 다시 떠오른다.
덕천이는 후박나무 아래서 처음 만났던 그날처럼 언제나
반갑게 꼬리 치며 생글생글 웃는 얼굴로 나를 본다.

　　우리 좀 전에 만났는데 또 그렇게 반가워?

136

개 두 마리를 찾습니다

제주에 오면 정말 느긋하게 섬 생활을 즐겨볼
작정이었는데 시골 마을에 가게를 열며 본격 제주 생활이
시작되었다. 도시에서보다 바쁜 날들이 계속되었다.
그야말로 눈코 뜰 새 없이 바빠져서 그렇게 공들이던 개
산책에 소홀해졌다. 개 셋을 모두 산책시킬 수가 없었다.
산책이 낙이던 개들은 사흘에 한 번꼴로 담을 넘어 자율
산책을 하고 돌아왔다. 그대로 둘 수도, 그렇다고 개들을
온종일 가둬둘 수도 없었다. 매번 담을 넘는 개 둘을
아침저녁으로 한 줄에 묶어서 마당에 풀어두었다. 그런데
이 둘이 점점 친해지는가 싶더니 날로 팀워크가 좋아져
눈에 하트가 생기기 시작했다. 그때 감지했어야 했는데
바쁘고 어리석은 인간은 아무것도 포착하지 못한 채로
겨울이 깊어갔다.

그해 겨울 내내 지겹도록 눈이 내렸다. 10여 년
만의 폭설로 40센티 넘게 눈이 내렸고 쌓인 눈은
무릎까지 차올랐다. 도로도 얼고 사방이 온통 꽁꽁
얼어붙었다. 개들은 겹겹이 쌓인 눈으로 한 뼘 낮아진
담장을 미끄러지듯 넘어 집을 나갔다. 한 줄에 묶여
마당 구석구석을 탐색하며 가다듬어왔던 둘의 호흡이
불꽃처럼 케미를 일으켰고 아침 댓바람에 말릴 새도
없이 함께 눈길을 내달렸다. 나는 맨발에 슬리퍼를 신고
뛰어나갔지만 녀석들을 따라잡기엔 역부족이었다.

오들오들 떨며 집으로 돌아오는 내내 이를 갈았다.
이것들 들어오기만 해봐라. 아침밥도 저녁밥도 안 줄
테다. 머리와 어깨에 소복이 내려앉은 눈을 털고 빨갛게
언 발끝의 눈더미를 털어내며 현관에 들어섰다. 제깟

것들이 멀리 가봤자 어딜 갈까, 몇 시간 눈밭을 뒹굴며
신나게 놀다가 허기가 지면 돌아오겠거니 하고 생각했다.

그런데 저녁이 되도록 개들은 돌아오지 않았다. 해가
지자 눈은 더 가열차게 내렸다. 차는 평지에서도 바퀴가
헛돌았고 몇 발자국 내딛는 것조차 어려운 날씨가 되었다.
인간은 설국에 완전히 갇혀버렸다. 뜨끈한 국물 요리를
해서 미뤄둔 드라마를 쌓아놓고 보다가 가끔씩 일어나
창을 빼꼼 열어 "어머, 눈 좀 봐!" 하고 말하며 다시 소파에
파묻혀 뜨겁게 데운 술을 홀짝이기에 너무 좋은 날씨였다.
　　그날은 완벽히 그런 날이었는데 개 두 마리가 손을
맞잡고 집을 나간 바람에 나는 저녁 내내 초조해하다가
밤새 쪽잠을 잤다. 한밤에 일어나 토끼처럼 귀를 쫑긋
세우고 동네 개 짖는 소리를 들었다. 개들이 짖는
소리가 마을을 빙글빙글 돌며 울려 퍼져서 나는 개들이
마을 어딘가에 있으리라 확신했다. 아침이면 초췌해진
녀석들이 귀를 뒤로 한껏 젖히고 용서를 구하는
대역죄인의 표정으로 문 앞에서 앉아 있을 거라 생각했다.
　　그런데 아침이 되어도 개들은 돌아오지 않았다. 언제
그친다는 기약도 없이 이틀째 눈은 계속 내리고 있었다.
낮이 되니 동네는 절간처럼 조용해졌다. 더 이상 개들이
짖는 소리는 들리지 않고 사그락사그락 눈 내리는 소리만
가득했다. 개들은 대체 어디로 간 걸까.
　　저녁이 되니 눈은 비가 되었다. 빗방울은 더 거세져
추적추적 빗소리가 지붕을 울렸다. 당장 어쩔 도리가
없어 자려고 침대에 누웠는데 볼을 타고 뜨거운 눈물이

흘러내렸다. 비바람이 불고 밤공기가 더 매섭게
차가워졌는데 이 날씨에 개들이 집 밖에서 떨고 있을
상상을 하니 덜컥 겁이 났다.

이튿날 오후가 되도록 개들이 돌아올 기미가 보이지
않자 남편은 개들의 가출 사실을 주변에 알리고 현수막을
만들어서 동네 길목에 걸자고 했다. 나는 포토샵으로
개 두 마리가 한 줄에 묶인 사진을 넣고 문구를 적어
현수막을 디자인했다. 개들이 더 선명하게 보이도록
색상을 보정하고 평소에 쓰지 않던 두껍고 강직한
서체들을 이용해서 문구를 넣었다. 눈물로 디자인한
현수막 시안을 보여주었더니 남편은 모든 걸 최대한
사실에 입각해 적어야 한다며 단어 하나 마침표 하나까지
일일이 검열했다. 나의 문장은 "개 두 마리를 꼭 찾아야
합니다."라고 시작되었고 그걸 남편은 "개 두 마리를
찾습니다."로 교정했다. 사진은 며칠 전 마당에서 한 줄에
묶인 채 신나게 뛰어놀다가 멈춰 섰을 때 찍어둔 것을
넣었다. 그 사진도 남편이 골랐다. 당시의 내 정신을 전혀
신뢰하지 않는 눈치였다.

개 두 마리의 사진이 들어간 현수막을 마을 길목 몇
군데에 걸었다. 동네 사람들이 우리를 육지에서 온 별난
사람들로 생각하기 시작한 건 아마도 이날부터였던 것
같다. 돌이켜 생각해보니 개는 그저 가축으로 대하는 이
평범한 시골 마을에서 과연 흔치 않은 일이었을 것이다.
개의 얼굴을 대문짝만 하게 출력한 현수막을 마을
어귀에 걸어놓으니 지나가는 트랙터와 차량 운전자들은
휘둥그레진 눈으로 그 내용을 일일이 살펴보며 지나갔다.

동네에서 가게를 해온 몇 년 동안 비정기 휴무를 한
적이 단 한 번도 없었는데, 그 며칠은 가게도 내 마음도
개점휴업 상황이었다.

처음에는 혼자서 개들을 찾아다니다가 집 안에 우두커니
있는 두식이가 안쓰러워 데리고 나갔는데 두식이가
냄새를 맡으며 개들의 자취를 쫓는 듯했다. '그래, 개는
개가 찾을 수 있겠구나!'라고 허황된 꿈을 꾸며 매일
밤낮으로 두식이를 데리고 동네를 돌아다녔다. 처음엔 웬
산책을 밤낮으로 이렇게나 시켜주나 하며 신나게 따라
나서던 두식이도 나중엔 이 냄새가 저 냄새라 혼돈스럽고
다리도 아프다는 표정으로 날 쳐다봤다.
　이 상황을 SNS에 올리자 많은 사람들이 집 나간
우리 개 두 마리의 목줄이 나무등걸에 걸려 있거나
절체절명의 상황에 빠진 모습을 함께 상상하며 나의
계정을 수시로 살펴보기 시작했다. 나는 집 나간 내
개들을 찾기 위해서 사실을 알렸는데 쏟아지는 응원과
염원의 메시지를 받고 보니 주변 사람들을 더 이상
걱정시키지 말아야겠다는 결의 같은 것이 생겼다.
마을에서 꽤 떨어진 몇만 평의 넓은 밭들과 평생 가볼
일 없을 것 같던 깊은 숲속까지 들어가 나무 하나하나를
헤치며 두 마리의 개를 찾아 헤맸지만 사흘이 지나도록
개들은 코빼기도 보이지 않았다. 동네 근처 이곳저곳
개들이 갈 수 있다고 짐작되는 거의 모든 곳을 찾으러
다녔다. 마을 주변에 그렇게 드넓은 숲이 많다는 것도,
마을길들이 어디서 어디로 이어지는지도, 집 나간 개들을

찾아 마을 구석구석을 헤매며 처음으로 알게 되었다.
아무리 돌아다녀도 개들이 보이지 않자 길에서 눈물이
주르륵 흘렀다. 운다고 해결될 일이 아니었는데 흐르는
눈물은 도무지 주체가 되지 않았다.

큰 플래카드를 몇 개나 걸었는데,
아무도 보지 못한 것일까. 개들은 도대체
어디에서 어떻게 지내고 있는 걸까. 며칠 동안
밥도 먹지 못해서 배가 고플 텐데.

아무도 발걸음하지 않을 깊은 삼나무숲 한가운데
우두커니 서서 집 나간 개들을 생각하자 서러움이
뭉글뭉글 피어올라 마음은 쑥대밭이 되었다. 두식이를
데리고 마을 주변을 하루종일 돌아다니는 나를 보고
가깝게 지내던 이웃들도 우리 개들을 함께 찾기
시작했다. 민폐도 이런 민폐가 없었다. 며칠이 지나도
개들이 나타나지 않자 육지에 갈 때 개들을 맡기곤 했던
훈련소의 선생님이 사역견까지 동원해 함께 도와주셨다.
바쁜 사람들과 바쁜 개들이 우리 똥개들 찾는 데 이렇게
시간을 쓰게 하다니 미안한 마음에 쥐구멍이 있다면 숨고
싶은 심정이었다. 민폐가 거듭될수록 개를 찾아야겠다는
마음은 더욱 공고해졌다. 진짜 민폐가 되지 않으려면
잃어버린 개들을 찾고 어떻게든 이 상황을 종료해야 했다.
　　개들을 찾으려면 일단 정신을 차려야 했다.
시간대별로 짐작이 가는 모든 것을 기록하고 지도를
펼쳐놓고 내가 살펴본 곳은 지우고 살펴봐야 할 곳들을

체크하며 다시 의욕적으로 개들을 찾아다녔다. 하지만 여전히 개들은 어디에도 보이지 않았다. '이렇게 보이지 않다니. 살아 있기는 한 걸까.' 절망이 다시 싹을 틔우려는 시점이었다. 그 순간 한 통의 문자 메시지를 받았다. 개들이 집을 나가고 나흘째. 자정이 다 되어가는 늦은 밤이었다.

제가 그제 그 개들을 여기서 본 것 같아요.

지도에 빨간펜으로 위치까지 표시해 보내준 사진을 보고 우리는 경악했다. 집에서 10킬로도 넘게 떨어진 용눈이오름 뒷편의 갓길이었다. 그분이 개들을 처음 본 건 녀석들이 집을 나간 둘째 날 오후쯤이었고 둘은 여전히 한 줄을 한 채 이인삼각 경기를 하듯 발을 맞춰 성산일출봉을 향해 내달리고 있었다고 했다. 아침이 되어 제보를 받은 장소로 내려가던 중 다시 전화 한 통을 받았다. 이번엔 마을 입구의 편의점 사장님이었다.

내가 너네 개 어디 있는지 알려줘?

사장님은 아침 출근길에 회전교차로 한가운데 서 있는 하얀 개를 보았다고 하셨다. 제주도에 하얀 개는 한두 마리가 아니니 우리 개가 맞는지 조심스럽게 되물었다. 사장님은 짧게 대답하셨다.

귀가 커, 그 개야.

144

다정이였다. 우리는 두식이를 차에 태우고 편의점
사장님이 개를 보았다고 한 곳으로 한걸음에 달려갔다.
두식이는 뒷자리에서 컹컹 짖으며 우리와 함께 다정이를
불렀다. 마을로부터 떨어진 외딴곳이어서 눈에 보이는
개들은 없었는데 숲 저 안쪽에서 개 한 마리가 세차게 짖는
소리가 들렸다. 다가가 보니 넝쿨에 감겨 10센티도 안
되는 목줄을 매고 선 채로 덕천이가 우리 차를 알아보며
울부짖고 있었다.

그런데 다정이가 없었다. 주변을 돌아보는데 며칠
전부터 귀가 큰 하얀 개 한 마리가 이 주변을 돌아다니고
있다는 이야기를 들을 수 있었다. 그제야 우리는 둘을
하나로 묶어두었던 줄이 풀어졌는데도 다정이가 덕천이
주변을 떠나지 않았다는 걸 알게 되었다. 평소 해맑기만
하던 다정이와는 다른 의외의 모습이었다. 어쨌거나
정처 없이 갓길을 걷고 있던 의리녀 다정이는, 소식을
듣고 다정이를 찾으러 마을에서 내려오던 (평소 잘 알고
지내던) 인간 친구의 차를 알아보았고 그녀가 차 문을
열며 자신의 이름을 부르자 지친 몸과 마음으로 스스로 그
차에 올라탔다고 했다.

그렇게 집 나간 개들의 이야기는 끝이 났다. 아무리 애를
써도 쉽게 찾을 수 없었던 것도, 무사히 돌아올 수 있었던
것도 모두 눈 때문이었다. 아직도 한 줄에 연결된 개 두
마리가 어떻게 그 먼 곳까지 간 건지는 미스터리로 남아
있지만 그저 눈 속에서 신나게 놀다가 집으로 돌아오던
길에 화이트 아웃에 갇혔다고 생각한다. 두 똥개가

모험하는 동안의 자세한 정황을 인간은 알 길이 없다.
모든 상황이 종료되고 정신이 돌아오자 얼굴이 화끈
달아올랐다. 개와 함께 살기로 했다면 개를 위해서 할
수 있는 최소한의 것들은 모두 하고서 인간의 일을 해야
한다는 걸 사무치도록 깨달았다. 개 많은 집 바람 잘
날 없다. 개 간수를 잘하자. 인간이 바쁘면 개들이 집을
나간다.

눈이 소복소복 내리는 겨울이 되면 나는 악몽 같았던
그날들을 떠올린다. 눈발이 굵어지며 본격적으로
쏟아지기 시작하면 혼잣말을 한다.

음. 개가 집 나가기 참 좋은 날이군.

그런데 지금도 궁금한 것은, 둘은 탈출을 했던 걸까,
가출을 했던 걸까. 탈출과 가출은 엄연히 다르다. 죄질이
달라 처벌도 다르다. 개들이 무사히 돌아와 해피엔딩으로
마무리는 되었지만 여전히 많은 것이 눈 속에 묻혀 있다.
개들이 모두 있는 따뜻한 집에서 내리는 눈을 보며 그날을
추억할 수 있어서 어쨌거나 참 다행이다.

나의 고양이

나는 고양이를 알지 못했다. 심지어 고양이를 무서워했다. 그런 내가 고양이와 한집에 살게 되다니. 인생은 역시 한 치 앞을 알 수 없다. 아침에 눈을 뜨면 햇살을 받으며 창가에 앉아 있는 동그란 뒷모습을 본다. 움직임을 전혀 알아차리지 못했는데 발치에 새초롬히 앉아 나를 올려다보는 고양이가 있다. 집 안 어디에선가 고양이와 마주친다. 안방에서 거실로 사뿐사뿐 걸어 나오는 고양이를 만날 때마다 나는 아직도 깜짝깜짝 놀란다. 무심한 듯 무심하지 않은 표정과 그 보드라움이 예뻐서 정말 바보 같지만 매일 매 순간 감탄한다.

미요가 우리 집에 오고 많은 것이 달라졌다. 개들과 소란스럽게 살던 우리에게 고양이는 평온함을 선사했다. 이전에는 몰랐던 고요한 순간을 삶에 보탤 수 있게 되었다. 고양이를 볼 때마다 매일 새롭게 생각지도 않은 선물을 받는 기분이다.

집 앞에는 동네에서 제일 큰 돌창고가 있다. 그 창고의 주인인 앞집 할아버지는 사람 이외의 모든 것은 가축으로 생각하며 평생을 산 사람이다. 우리가 사는 동안 그곳에 묶여 있던 많은 개들이 어디론가 사라졌고 올해로 어르신의 나이가 여든일곱이니 내가 보지 못한 수많은 생명이 그 창고 안에서 바뀌고 또 바뀌어가며 길러졌을 것이다.

어느 날 그 돌창고 앞을 지나는데 웬 고양이

울음소리가 들렸다. 창고 안쪽 어둠 속 노끈에 묶인 어린
고양이 한 마리가 이쪽을 쳐다보며 매옹매옹 울고 있었다.
나는 돌담을 훌쩍 뛰어넘어가서 "너 이름이 미요구나?"
하고 주책맞게 고양이에게 말을 걸었다. 꾀죄죄한 작은
고양이의 얼굴과 미간에 알 수 없는 불안함이 어려
있었다. 나는 고양이에 대해서는 아무것도 아는 것이
없었으므로 오랫동안 고양이를 키워온 친구에게 사진을
찍어 보냈다. 며칠 후 아기 고양이용 사료 한 포와
어묵꼬치 모양의 장난감이 집으로 배달되어왔다. 어린
고양이의 안부를 묻는 문자도 계속 왔다.

고양이는 화장실만 만들어줘도 건강하게
살 수 있어. 높은 곳을 좋아하니까 뭔가
상자 같은 거라도 놓아서 밖을 내려다볼 수
있도록 해주고.

나는 친구가 알려준 대로 모래를 퍼서 종이상자에 담아
창고 한켠에 화장실을 만들고 구석에 버려진 낡은
소파를 끌어내 묵은 먼지를 털어 캣타워 비슷한 것도
만들어주었다. 내가 무언가를 해줄 때마다 자기만의
방식으로 조심스럽게 감사의 인사를 진해오는 어린
고양이가 무척 매력적이었다. 나는 기꺼이 고양이를
사랑하는 친구의 성실한 아바타가 되기로 했고 친구가
알려주는 모든 것을 군소리 없이 부지런히 행동으로
옮겼다.

할아버지가 고양이를 키우는 건 소를 키우는 축사에서
쥐를 쫓을 목적이라고 했다. 내가 아무리 고양이를 모르는
고알못이라도 그건 아니지 않은가 싶어 반감이 일었지만
늘 그렇듯 적극적으로 할 수 있는 것은 없었다. 그렇게
미요는 할아버지의 경운기에 실려 축사와 돌창고를
오가며 냐옹냐옹 목이 쉬도록 울다 오는 자신에게 주어진
업무를 해내며 위태로운 나날을 보냈다. 작고 가녀린
생명이 낡은 줄에 묶인 채로 어두컴컴한 창고에서 지내는
것이 마음에 걸려 나는 철물점에서 방울이 달린 강아지용
목줄을 사서 고양이 목에 채워주고 가끔은 우리 집
마당으로 데리고 와 산책도 시켜주었다. 일주일이 넘도록
고양이가 보이지 않으면 집에서 꽤 먼 거리의 할아버지
축사를 찾아가서 고양이를 데리고 오기도 했다.

　　묶인 줄이 풀리기라도 하는 날이면 미요는 우리 집
부엌 창문에 올라앉아 집 안을 내려다보며 울었다. 밤이
깊도록 그렇게 울었다. 어쩔 수 없이 미요를 창고에 다시
데려다놓으며 나는 미요가 앉아 울던 부엌창을 통해 집
안을 들여다보았다. 성냥팔이 소녀의 환상 속에 나타난
따뜻한 부엌의 모습이 그러했을까. 밖은 춥고 매서운
겨울바람이 불었지만 집 안은 무척 평온해 보였다. 어두운
창고에 묶여 사는 어린 고양이가 가끔 외출을 나와 이런
풍경을 내려다보며 울고 있었다고 생각하니 마음이
아려왔다. 그러나 미요는 내 고양이가 아니었으므로
아무리 울어도 우리 집으로 데리고 올 수 없었고 잠시
시간을 내 보살펴주다가도 늘 다시 원래 자리에
묶어놓아야 했다.

151

　미요는 그렇게 줄에 묶인 채 자랐다. 성묘가 되기도 전에 돌창고 안에서 새끼를 가졌는지 점점 배가 불러왔다. 사료와 좋아하는 생선을 열심히 챙겨주고 인터넷에서 찾아본 대로 출산 상자를 여러 개 만들어 창고 여기저기에 놓아주었다. 그런데 미요는 어느 상자에도 들어가지 않고 서럽게 울기 시작했다. 밤낮으로 고양이가 우는 소리를 듣다 못한 할아버지가 묶인 줄을 풀어주자 미요는 우리 집 대문을 넘어와 거실 창 앞에 서서 울기 시작했다. 축구공만큼 커다란 배를 하고 고래고래 소리를 지르듯 우는 고양이 뒤로 당황한 표정의 개 두식이가 서 있었다. 이 문을 좀 열어달라는 소리 같았지만 내 맘대로 판단할 수 없는 일이었다.

　나는 어찌할 바를 몰라 하다가 볼일이 있어 잠시 집을 비우고 몇 시간 후에 돌아왔다. 그렇게 큰 소리로 울던 미요는 온데간데없고 집 안 가득 수상스러운 적막이 흐르고 있었다. 마당에 있던 두식이와 다정이의 표정도 약간 이상했다. 집 뒷마당에는 짐을 넣어두는 컨테이너 창고가 있는데 어쩐지 그쪽이 심상치 않다 싶은 것은 두식이의 곤란한 표정 때문이었다. '엄마, 여기 한번 가봐야 할 것 같아.' 하며 걱정 가득한 얼굴을 한 두식이는 나를 뒷마당으로 안내했다. 무위도식하고 있지만 두식이에게는 안내견의 피가 섞여 있는 걸까.

　컨테이너 창고의 문 앞쯤에 이르렀을 때 아주 작은 소리가 들렸다. 삐약삐약 병아리 소리 같기도 하고 삐용삐용 장난감 소리 같기도 했다. 근원을 알 수 없지만

분명 살아 있는 생명이 느껴지는 소리여서 그것에
가까워질수록 심장이 두근거렸다. 창고 문을 열고 소리가
나는 곳을 찾아보니 작은 사과 박스 안에 이제 막 태어난
아기 고양이 다섯 마리와 온몸이 젖은 미요가 거친 숨을
내쉬고 있었다.

너무 놀라서 황급히 문을 닫고 창고를 나왔다. 서울 출장
중이었던 남편에게 전화를 걸었다.

큰일 났어! 미요가 뒷마당 컨테이너에
새끼를 낳았어!

나의 말이 끝나기도 전에 남편이 대답했다.

미요에게 축하한다고 말해야지,
새끼 낳느라 수고했다고도.

아……. 축하…… 수고…… 그래, 일단 축하를……
해야겠구나……. 나는 다시 창고로 들어가서 상자 안의
미요를 보며 "수고했어, 미요야. 축하해."라고 어색하게
말을 했는데 미요는 '뭐라고?' 하는 표정으로 나를 보며
동그란 눈을 깜박였다. 그리고 나는 아기 고양이들과
미요가 잘 있는지 컨테이너 창고의 문턱이 닳도록
들락거리며 그날 밤을 보냈다. 새벽쯤 마지막으로
미요와 아기 고양이를 보고 온 나는 침대에 누워 내일
날이 밝으면 저 고양이를 다시 할아버지의 돌창고에

데려다놓아야겠다고 생각했다. 어쨌거나 미요는
할아버지의 고양이니까.

아침이 되었다. 4월 말 무렵이었고 전날까지는 분명
쾌청한 봄이었는데 하룻밤 사이 폭염이 내리쬐는
초여름으로 날씨가 돌변했다. 컨테이너로 가보니
엄마 고양이는 빨간 혓바닥을 내놓고 숨을 헐떡이고
있었고 꼬물이들의 움직임도 전날 밤보다 둔해 보였다.
컨테이너는 찜통처럼 더웠다. 한시도 지체할 수 없는
상황으로 보였다. 나는 엄마 고양이와 아기 고양이가
든 상자를 천으로 덮어 통째로 작은 방으로 옮겨왔다.
어쩔 방법이 없다고 단언하며 나는 그렇게 할아버지의
고양이를, 아니 고양이들을 훔쳤다.
　　할아버지 댁에 찾아가 돌창고의 노란 고양이가 우리
집 컨테이너에서 새끼를 낳았다고 알려드렸다. 할머니는
먹다 남은 생선국을 그릇에 수북이 담아 우리 집으로
찾아오셨다. 미요가 있는 작은 방으로 들어가 고양이와
새끼들을 보여드렸다. 할머니는 이왕 새끼를 이 집에서
낳았으니 고양이를 돌보는 것은 좋은데 아기 고양이가 다
자라면 한 마리는 당신께 달라고 하셨다.
　　상자째 보쌈을 당한 미요는 아기 고양이들과 우리 집
작은 방에서 3개월 동안 지냈고 열흘이 못 되어 별이 된
한 마리를 뺀 네 마리의 아기 고양이는 모두 건강하게
자라 좋은 집사들을 만났다. 할아버지가 데리러 올지도
모른다는 불안감에 나는 서둘러 입양처를 수소문해
아깽이들을 분양했다. 할아버지에게 드리기로 했던 한

마리도 차마 보내지 못해 전전긍긍하다가 간식거리를
사 들고 찾아가 남은 한 마리도 좋은 집으로 보내겠다고
어렵게 이야기를 건넸다. 다행히 그 아깽이까지 정말
훌륭한 집사를 만났다.

하루가 멀다 하고 부엌창에서 우리 집을 내려다보던
미요는 그렇게 새끼들까지 모두 데리고 한순간에 우리
집의 문턱을 넘어 들어왔다. 고양이에 대해 아무것도 몰라
어쩔 줄 몰라 하던 나에게 '인간아, 이것 좀 보겠니?'라는
듯 아깽이들의 사랑스러움까지 덤으로 선물해주었다.
작고 예쁜 생명들이 커튼에 대롱대롱 매달리고 소파에서
와르르 쏟아지고 집 안 구석구석을 아침저녁으로 우르르
뛰어다녔다. 세상에서 가장 아름다운 어린 것들을 그렇게
가까이에서 볼 수 있었다니. 지나고 보니 말로 다 할 수
없는 행복한 시절이었다.
    나는 고양이 도둑이 되었지만 아기 고양이들이 대거
나오는 행복한 꿈을 꾸고 일어나 그렇게 나의 고양이
미요를 만났다.

엄마점 고양이

우물우물 한데 엉겨 바닥을 기어 다니던 미요의 아기
고양이들은 엄마 젖과 함께 사료를 먹기 시작할 무렵부터
제법 고양이다운 모습을 갖추기 시작했다. 바스러질
듯 가느다랗던 네 다리가 곧게 펴지더니 고개를 들고
꼬리를 한껏 추켜올려 당차게 걷기 시작했다. 자기
영역을 탐색하며 삐용삐용 알 수 없는
소리로 각자의 자기주장을 하느라 집 안
구석구석 난리법석이 났다. 조용하던
집이 일순간 소란스러워졌다.

　　이때부터 당찬 아꼉이의 자존감이
형성된다. 그 무렵부터는 생김과
표정이 달라지고 저마다 다른 성격의
차이들이 조금씩 보이기
시작했다. 미요가 낳은
아기 고양이의 얼굴에는
짙은 갈색의 점이 하나씩
있었다. 미요의 얼굴에는 뭔가를 급히 먹다가 미처 닦지
못하고 입가에 묻혀놓은 것 같은 점이 하나 있는데
미요는 그 점을 새끼들에게 공평하게 하나씩 나눠주었다.
누가 봐도 미요의 자식인, 엄마와 비슷하지만 각자 다른
위치에 갈색 점을 하나씩 붙이고 고개를 갸우뚱하며 미요
옆에 앉아 있는 아기 고양이들의 모습을 사랑하지 않을
수 없었다.

미요가 아기 고양이들에게 나누어준 배냇점이 선명해지며 얼굴이 차츰 달라졌고 이때부터 우리는 누가 누구인지 어떻게 다른지 얼굴의 점으로부터 천천히 구별해나가기 시작했다. 우리는 아기 고양이를 고일, 고이, 고삼, 고사라고 불렀다. 원래는 다섯 마리였지만, 다섯 번째 고양이는 그 이름을 채 불러보지도 못하고 일찌감치 고양이 별로 떠났다. 나와 미요는 함께 밤을 지새우며 어떻게든 막둥이를 살려보려고 했지만 둘 다 너무 서툴던 시절이어서 급히 가는 그 길을 막을 방법이 없었다. 태어난 지 열흘 정도 되었을 때였고 채 정이 들 새도 없이 찾아온 이별이라 마음이 조금은 가볍지 않을까 생각했는데 역시 그렇지 않았다. 너무나 이른 어린 죽음은 더 차갑고 서늘했다.

막둥이가 떠나자 미요는 남은 아깽이 넷을 더 살뜰히 보살피기 시작했다. 이때부터 고양이 1, 2, 3, 4번은 초보엄마의 극진한 보살핌을 받으며 더욱 무럭무럭, 긴 겨울을 지나 봄을 맞은 식물들처럼 무성하게 자라났다.

고일은 미요와 가장 흡사하게 닮고 골격도 튼튼해서 누가 보아도 장남으로 보였는데 엄마 점이 턱 아래에 떡하니 안정적으로 자리 잡고 있었다. 무엇을 하든 미요는 고일을 제일 우선으로 했다. 먹을 것이 있어도 고일에게 제일 먼저, 새로운 곳으로 탐색을

나갈 때도 (그래봤자 화장실이나
침대 아래나 옷장 안을 들여다보는
정도였지만) 고일에게 먼저 출동
신호를 보냈다. 그런 고일이
네 마리의 고양이 중 가장
당당하고 씩씩한
건 당연한 일 같았다.

고이는 아무도 몰래 혼자서 설탕이 묻은 도넛을
먹다가 흠칫 들킨 것처럼 입 주변으로 갈색 테두리가
동그랗게 있었다. 느긋하고 무심한 성격의 고양이라 매일
혼자 방구석에서 골똘히 무언가를 하곤 했는데 "고이!"
하고 부르면 '으응?' 하고 대답하는 듯 돌아볼 때 동그랗게
묻은 입 주변의 테두리가 늘 사람을 웃게 하는 귀여운
매력이 있었다.

고삼은 엄마의 그 짙은 갈색 점이 전신에 도포되어
있는 흔치 않은 갈색 고양이였다. 다른 고양이들은 손과
발에 하얀 장갑을 끼거나 장화를 신거나 하고 있었는데
혼자 갈색 올인원 점프슈트를 입은 듯해 멀리서도
도드라졌다. 독특했기 때문에 유별나게 예쁘다는 느낌을
지울 수 없었다. 우리는 어딘가를 바삐 가는 고삼이와 집
안에서 마주치면 "고삼! 입시 준비는 잘 되어가니?" 하고
썰렁한 농담을 해놓고 스스로 재밌다고 깔깔 웃곤 했다.

유일한 암컷 고양이였던 고사는 엄마가 준 점이
입술 옆으로 길게 흘러내린 모양이라 아기 고양이에겐
조금 과하지만 어쩐지 도발적인 섹시함이 있는 천상
고영희였다. 막내고 여자여서 몸집은 작았지만 다른

남자 형제들과 달리 유난한 고음역대 소리를 내며 집 안 구석구석 엉덩이를 추켜올리고 발랄하게 제일 바삐 돌아다녔다.

고일과 고삼은 유난히 둘이 친해서 아깽이 시절부터 투닥거리며 지냈다. 시야에 보이지 않아 찾아보면 늘 둘이서 손을 맞잡고 꽁냥꽁냥 무언가를 하고 있었다. 뭔가 소란스러워 그쪽으로 고개를 돌리면 한 뭉치가 되어 데굴데굴 굴러다니는 고일과 고삼이 거기에 있었다. 둘은 결국 같은 집으로 입양을 가 '또'와 '라이'라는 이름을 얻었고 용감한 형제 또라이로 본격 묘생을 시작했다. 미요의 고명딸 고사는 '옥희'라는 사랑스러운 이름의 고양이로 행복하게 살고 있고, 미요와 제일 마지막까지 우리 집 안방 침대와 소파를 점유하고 지내던 고이는 세상에 둘도 없는 집사를 만나 '나무'라는 멋진 이름을 얻었다. 그 집의 유산 상속자가 되었다는 후문이 있었는데, 오늘도 엄마가 건네준 그 도넛 가루를 입가에 묻히고 당당히 마을 곳곳을 산책하고 있다.

나를 포함한 각 집의 고양이 집사들은 엄마 점을 하나씩 나눠받은 이 아기 고양이들 덕에 모두들 하루아침에 고양이 바보가 되었다. 아침이면 화장실 바닥에 쪼그려 앉아 고양이 화장실에서 주섬주섬 감자 고양이 오줌과 모래가 뭉쳐 감자 모양으로 굳어진 것 를 발굴해 상태를 체크하고, 그 감자의 주인공이 집 안 어디쯤 있는지 아직 잠에서 덜 깬 눈으로 찾을 것이다. 아무도 몰래 '휴. 나는 있어, 고양이.'를 속으로 외치며 고양이 바보가 된 오늘을 안도하고 있을 것이다.

160

슬기

태풍이 오면 마을에는 유난히 개가 많아진다. 일부러
풀어준 개들과 비바람에 어쩌다 목줄이 풀린 개들, 평소에
보이지 않던 개들까지 한데 어울려 신나게 뛰어다닌다.
가을 태풍에 동네 개들의 뒤꽁무니를 따라다니는 하얀
강아지 한 마리가 보였다. 큰 개들을 따라 찻길을
종횡무진 뛰어다니는 어린 개는 위태로워 보였다. 자꾸만
눈길이 갔지만 놀다가 제집으로 돌아가겠거니 하고 나는
애써 고개를 돌렸다.

　　모든 걸 집어삼킬 것 같던 태풍이 멈추고 언제
그랬냐는 듯 쨍하게 해가 뜨니 신나게 놀던 개들 모두
집으로 돌아갔다. 그런데 동네 개들을 쫓아다니던 제일
작고 하얀 강아지는 집으로 가지 않았다. 돌아갈 집이
없는 듯도 보였다. 강아지는 그날 이후 이 집 저 집 문을
두드리다가 한 가게에 자리를 잡았다. 발을 굴러 쫓아내면
도망치는 듯 두어 걸음 물러섰다가 다시 제자리로 돌아와
'난 이제 여기 있기로 했어.' 하고 대단한 결정이라도 내린
듯한 얼굴로 우리를 쳐다보았다.

　　어쩔 도리가 없어서 다 같이 사료와 물을 챙겨주었다.
하얗고 네모반듯한 얼굴이 꾹 누른 백설기 같아 보여서
'설기'라 부르다가, 하는 짓이 하도 영리해서 '슬기'로
부르게 되었다. (이름은 왜 붙인 걸까.) 당시 그 가게는
오픈을 위한 공사가 한창이라 어수선했는데 슬기는
그곳의 문을 조금 일찍 두드린 것 같았다. 하지만 녀석은
집요했다. 인간의 상황 따위는 아랑곳하지 않고 비장한

표정으로 늘 가게를 지키며 그 앞 조그만 화단에
머물렀다. 혹여 밤새 어딘가로 떠났을까 아침에 살펴보면
하얀 강아지는 어김없이 그 자리를 지키고 있었다.

　　가끔은 관광객들을 따라 동네를 돌아다니기도 해서
우리는 혹시라도 운 좋게 길 위에서 좋은 인연을 만날
수도 있지 않을까 막연하게 기대했지만 그런 행운은
일어나지 않았다. 강아지는 결국 어느 누구의 선택도 받지
못했고, 어느 날 원래 예정되어 있던 순서가 찾아온 듯
유기견 보호소로 가게 되었다.

그때 나는 태국 출장 중이었는데 숙소로 이동하는 택시
안에서 우리가 슬기라고 부르던 그 강아지가 유기견
보호소에 잡혀간 사실을 알게 되었다. 포획이랄 것도 없이
그냥 켄넬에 휙 넣어서 데리고 갔다고 했다. 그 소식을
듣고 택시에서 내려 숙소로 들어가다가 태국의 길거리
개들과 마주쳤다. 두 마리의 개가 사람처럼 뚜벅뚜벅 걸어
내 곁을 지나쳐가는데 그 개들의 얼굴에 유기견 사이트에
등록된, 겁에 질린 슬기의 얼굴이 오버랩되었다. 일주일
정도의 출장 일정이 아직 남아 있었는데 조바심이 났다.
한국으로 돌아오자마자 나는 남편 몰래 슬기가 있다는
유기견 보호소를 찾아갔다.

　　그저 슬기가 잘 있는지 확인하겠다고 갔지만 많은 동네
개들이 포획되어 간 유기견 보호소가 어떤 곳인지도 내심
궁금했다. 사라진 개들이 그곳에서 어떻게 지내는지,
그곳은 도대체 어떤 모습인지 한 번쯤은 내 눈으로 직접
보고 싶었다. 견사 안에는 비슷한 생김새의 하얀 개들이

가득했다. 대부분 3~4개월 나이의 어린 백구들이었는데
이리 보고 저리 봐도 모두 슬기 같았다. 마치 하얀
강아지들만 가득 있는 매트릭스 안에 내가 들어와 있는
것 같았는데 강아지들의 눈에 하나같이 불안과 기대가
교차하고 있었다. 냉정을 잃지 않으려 애썼지만 개들의
짖는 소리에 점점 정신이 혼미해졌다.

    강아지들은 색깔뿐 아니라 생김새도 모두 슬기 같아서
내가 먼저 알아보는 것은 어려웠다. 애써 정신을 차리고
강아지들이 모여 있는 견사를 바라보며 "슬기야!" 하고
부르니 그중 한 마리가 조심스럽게 이쪽을 응시하는
듯하더니 천천히 다가왔다. 우리가 슬기라 부르던 그
개가 맞았다. 목에는 원래 하고 있던 파란 목줄 대신
5566이라는 번호표가 붙어 있었고 약간 주눅이 든
듯했지만 동네에서 내가 보던 그 모습과 달라 보이지
않았다. 표정은 역시 비장했다. 다른 강아지들이 따라와서
자기도 좀 보라고 내게 꼬리 치자 슬기는 지금 심각한
상황이니까 저리 가라는 듯 소그맣고 하얀 이를 드러내며
으르렁거렸다. 사실 나는 슬기가 자기를 만나러 와줘서
고맙다고 격렬하게 꼬리 칠 거라 생각했다. 그런데 슬기는
내 손등을 할짝 하고 한번 핥더니 멀찍이 물러나 견사의
제일 구석에 앉아 어두운 얼굴로 나를 쳐다보았다.

그날 저녁 남편에게 유기견 보호소에 가서 동네 가게에
있었던 하얀 강아지를 보고 왔다는 이야기를 했다. 그는
집에도 개가 세 마리나 있는데 이미 유기견 보호소로
간 녀석까지 데리고 올 수는 없다며 그 개와의 인연은

거기까지라고 했다. 공고 마감이 다가올수록 나는 초조해졌다. 슬기는 굉장히 똑똑한 강아지였지만 제주에선 길가의 돌멩이만큼 흔한 흰 똥개여서 공고 기간이 끝나도록 입양 신청자가 있긴 어려워 보였고 그다음도 뻔해 보였다. 혹시나 하는 마음으로 저녁마다 유기견이 등록되어 있는 어플을 들여다보았지만 슬기는 누구의 선택을 받지 못한 상태로 공고 만료일을 앞두고 있었다.

　남편의 말처럼 이미 집에는 세 마리의 개가 있고 어쨌거나 내 맘대로 할 수는 없는 일이었다. 공고 기간이 끝난 다음 날 아침이었다. 일찍 일어나 커피를 한잔 내려 마시며 혼돈스러운 마음을 다독이고 있었다. 인연이 닿지 않은 거다. 강아지에게는 미안하게 되었지만 어쩔 수가 없다. 그렇게 주절거리며 혼잣말을 하고 있는데 9시 정각이 되자 전화벨이 울렸다.

　여보세요. 안녕하세요, 유기견 보호소입니다.

　아……. 네.

　선생님, 5566 데리러 오실 건가요?

　아…… 5566…… 아직 생각 중입니다. 조금만 기다려주세요…….

　알겠습니다. 그럼 결정하시면 되도록 너무

늦지 않게 연락 주십시오.

전화를 끊고 생각해보니 나도 모르게 애매한 대답을 한
듯했다. 생각은 다시 원점으로 돌아가 초조한 하루가
흘렀고 나는 남편에게 어렵게 다시 이야기를 꺼냈다.
아직 어린 강아지니 일단 데리고 나와 임시보호를 하며
입양처를 찾아보면 어떻겠냐고 하자 남편은 아무 일도
제대로 하지 못하며 좌불안석하는 내가 딱해 보였던지
정 그렇다면 덕천이를 먼저 입양 보내고 아직 어린
슬기에게도 기회를 줘보라고 말했다. 단 슬기도 늦지 않게
입양을 보낸다는 조건이었다.
　　나는 급한 마음에 아무런 준비도 없이 덕천이의 입양
공고를 먼저 SNS에 올렸다. 일주일 동안 두어 건의 입양
문의가 있었지만 결국 성사되지 못했다. 머릿속은 더
복잡해졌고 이 모든 상황을 통째로 외면하고 싶어졌다.
덕천이를 생각해도 미안하고 슬기를 생각하면 마음이 더
무겁고 착잡했다. 그래도 아직까진 선택의 여지가 있었다.
그냥 그 개는 내가 모르는 개라고 단호하게 생각하고 눈을
질끈 감으면 될 일이었다. 그런데 웬일인지 눈을 감으면
하얗고 네모반듯한, 두려움에 떨며 침을 질질 흘리던 더
이상 백설기 같지 않은 공고 사진 속 추레한 흰 강아지의
모습이 떠올랐다. 밥과 물을 챙겨주고, 제 이름을 부르면
달려오는 강아지의 등을 쓰다듬었던 그 시간들을 모른
척한다는 것이 내겐 쉽지 않았다.
　　그렇게 고민하던 사이 공고 만료일이 일주일이나
지났고 더 이상은 시간을 지체할 수 없었다. 후의 모든

일은 어떻게든 될 거라 생각하며 용기를 내 유기견
보호소에 전화를 했다.

5566 내일 데리러 가겠습니다.

아! 네, 선생님! 신분증 꼭 챙겨 오시구요.
그럼 내일 뵙겠습니다!

수화기 너머의 목소리는 지난번과는 달리 활짝 웃고
있는 것 같았다. 해결하지 못한 숙제들이 아직 남았지만
슬기를 데려올 생각을 하니 그 목소리처럼 나도 들떴다.
그리고 다시 찾아간 유기견 보호소에서 슬기를 보고 나는
절망했다. 등허리는 구부정해졌고 얼굴의 양 볼이 움푹
들어갈 정도로 비쩍 말라 있었다. 슬기는 창백한 모습으로
견사의 벽에 기대어 앉아 있었다. 입양 신청서를 쓰면
접종과 기본적인 검진을 하고 동물 등록을 하는 것이
일반적인 절차였지만 슬기는 그런 과정조차 진행할 수
없는 상황이었다. 한눈에 보기에도 생사를 장담할 수
없는 상태였다. 하지만 결정했으므로. 내가 그렇게 하기로
했으므로. 일단은 슬기를 그곳에서 데리고 나와야 했다.
   거의 한 달 만에 슬기를 본 남편은 자기가 알던
그 개가 맞냐며 혹시 개가 바뀐 것 아닌지 다시 한 번
확인해보라고 했다. 마침 주말이라 당직 근무자가 전화를
받았다.

여보세요. 아무래도 개가 바뀐 것 같아요.

우리가 알던 그 개가 아닌 것 같아요.

선생님, 그럴 리가 없는데요. 하지만
정 그러시다면 월요일에 개를 데리고
와보십시오.

그런데 선생님, 그럼 이 아이는
어떻게 합니까?

……

서로가 당황스러운 대화를 잠시 주고받다가 월요일에
센터를 방문하기로 하고 전화를 끊었다. 그런데 주말 동안
슬기는 건강 상태가 더 나빠져서 먼저 병원으로 가야
했다. 중증의 바베시아였다. 한동안 지속적으로 보살펴도
생사를 보장할 수 없을 정도의 심각한 빈혈 상태였다.
슬기는 우리기 운영하는 가구 매장 한편에 머물며 한 시간
거리의 시내 병원을 오가며 치료를 받았다. 시간이 지나자
다시 기력을 회복하고 원래의 총기 있던 눈빛이 돌아와
예전의 슬기 같은 모습이 조금씩 보이기 시작했지만
회복은 더뎠고 입양 공고를 낼 수 있는 상황이 아니었다.
  하지만 나는 언제 어느 때 새로운 인연이 나타날지
모른다고 생각해 아픈 강아지를 두고 앉아, 엎드려,
기다려 등 강아지가 배워야 할 기본적인 것들을 열심히
가르쳤다. 슬기는 그렇게 잃었던 건강을 찾고 사람을
만나며 세상을 조금씩 배워가고 있었다.

그러던 어느 날 갑자기 슬기가 짖기 시작했다. 매장 안에 남자 손님이 들어오면 봉화꾼이 산정상에 올라 적의 침입이라도 알리듯 몸을 곧추세우고서 우레와 같이 큰 소리로 짖었다. 그 소리가 어찌나 우렁찬지 가게가 떠나갈 듯 울렸다. 이런저런 방법을 다 동원해보았지만 짖음은 고쳐지지 않았다. 낯선 사람들에게 포획당하고 낯선 장소에서 꽤 오래 머물다 온 슬기는 사람을 좋아하지만 사람을 무척 경계하는 개로 자라났고 손님이 드나드는 가게에는 더 이상 머무를 수 없었다.

입양 공고를 계속 냈지만 누구의 관심도 받지 못했다. 특별히 귀엽거나 예쁜 외모를 가진 것도 아니었고 자상한 성격도 아닌 하얀색 믹스견. 단 하나 특별한 것은 영리함이었는데 그건 말과 글로는 설명하기가 무척 어려웠다. 나는 열심히 SNS에 슬기의 사진을 올리고 주변에 알렸지만 뜻처럼 되지 않았고 슬기는 무럭무럭 성장했다. 결국 두 달이 넘는 시간 동안 슬기는 단 한 번도 제대로 된 입양 문의를 받지 못했다.

결말은 이렇다. 슬기를 데리고 오겠다고 아무런 준비 없이 입양 공고를 낸 덕천이도 입양에 실패했고 우왕좌왕하며 강아지의 시간을 지나버린 슬기도 결국 좋은 가족을 찾지 못했다. 결국 슬기는 덕천이의 뒤를 이어 우리 집으로 들어와 아웅다웅하며 같이 살게 되었다. 나는 나의 소중한 테라스 작업실을 덕천이와 슬기에게 내어주었고 그렇게 우리 집에는 총 네 마리의 개가 함께 살게 되었다. 집에 개가 세 마리가 된 것도 얼마 되지 않았는데 네 마리가 되고 보니 우리는 '진짜 특이한 사람들의 대열'에 합류한 느낌이었다.

슬기가 집에 오고 나는 슬기라는 이름을 가진 인간이 내 주변에 꽤 많다는 사실을 뒤늦게 알고 이름을 바꾸어볼까도 생각했다. 똑똑함을 부각하여 지니 (Genius)라고 불러보고 개똑이라고도 불러보았으나 결국 슬기는 슬기가 제일 잘 어울렸다. 슬기는 다른 개들보다 유난히 사랑이 많다. 자기를 제일 예뻐하라고, 옆에 서 있는 시골 총각 같은 덕천이를 밀쳐내고 나의 뺨을 핥고 손등을 핥다가 그마저 성에 안 차 결국은 뽀뽀를 하며 나를 밀어젖힌다. 늘 자기 주도적이고 적극적인 방식으로 사랑을 갈구한다. 그런 슬기를 볼 때마다 제대로 된 온전한 사랑을 주지 못하는 것 같아 늘 미안하다. 내가 조금 더 성숙했더라면, 조금 더 이성적으로 판단했더라면, 슬기는 더 좋은 인연을 만났을까. 슬기는 지금 자신의 세상에서 온전히 잘 살고 있을까.

나는 늘 아픈 손가락의 상처 같은 나의 슬기를 보며 이야기한다.

똑똑한 슬기야. 인기 좀 없으면 어때.
건강하고 즐겁게 살자.
행복은 인기순이 아니라고.

똥개 예찬

다정이는 내가 아는 가장 예쁜 '시고르자브종'이다. '시골 잡종'의 받침을 늘려 외래어처럼 들리게 한 것이라는데, 누가 만든 말인지 참 멋지다. 믹스견이나 똥개라는 말보다 우아하고 완곡한 것이 재미있다.

　　다정이 어렸을 때의 별명은 3시 15분. 몸에 비해 굉장히 큰 두 귀가 뛸 때는 토끼처럼 펄럭이다가 멈춰 서면 시곗바늘처럼 3시 15분을 가리키고 있어 붙여진 별명이었다. 다정이의 엄마는 레브라도와 진도가 섞인 개였는데 귀가 유난히 컸고 레브라도처럼 큰 눈을 가졌지만 눈꼬리는 진도처럼 위를 향해 있었다. 강아지를 끝도 없이 낳아 온 동네에 퍼트려서 그 개를 우리는 만순이라 불렀다. 만순이는 늘 엄격하면서 넘치는 사랑으로 새끼를 돌보았고 제집도 잘 지키는 건강미 넘치는 개였다. 집 안은 아니었지만 안채가 마주 보이는 바깥 창고에 살았고 창고 바닥에는 쓰지 않는 이불이 깔려 있었다. 주인아저씨는 따박따박 새끼를 낳아 용돈 벌이를 해주는 만순이를 예뻐해서 트럭 짐칸에 태워 종종 밭에 데려가곤 했었다. 만순이는 더 이상 낳을 수 없을 때까지 새끼를 낳으며 오랫동안 그 집의 터줏대감처럼 지냈다.

　　나이가 들어서도 다른 동네 개들처럼 개장수에게 팔려가지 않았고 마지막까지 꽤나 평온하고 안락한 견생을 살았다. 작년 겨울에 며칠을 앓아누웠다가 10살 정도의 나이로 무지개다리를 건넜는데 주인아저씨는 만순이를 늘 데려가던 밭의 후박나무 그늘 아래에 잘 묻어주었다고 했다.

내가 초등학교 2학년이던 무렵이었다. 집에는 뽀삐라는
이름의 하얀색의 발바리 한 마리가 있었다. 뽀삐는
내가 등교하는 시간이면 당연하다는 듯 나와 함께 집을
나섰다. 학교에 도착할 즈음 이젠 집으로 돌아가라고
아무리 타일러도 듣지 않았다. 결국 뽀삐는 나와 함께
교문을 지나고 운동장을 가로질러 너무나 자연스럽게
2층 교실까지 들어왔다. 매일 아침마다 나를 따라와 교실
뒷문에 서서 꼬리를 흔들고 있는 뽀삐를 보며 어느 날
같은 반의 한 남자아이가 크게 소리쳤다.

　　　　　똥개라서 그렇다!

나는 눈을 최대한 부릅뜨고 그 애를 보며 말했다.

　　　　　뭐라고-오-? 똥개-애?

나는 순간 오기가 발동해서 있는 힘껏 뽀삐를 안아올려 그
녀석의 코앞에 갖다 댔다. 그리고 반 아이들 모두가 들릴
만큼 큰 소리로 말했다.

　　　　　똥개 아니거든!

그런데 그 아이가 놀랬는지 느닷없이 울음을 터트리더니
울먹이며 대답했다.

흑흑, 똥개 맞거든……?

똥개가 맞다 아니다 티격 대고 있으니 선생님까지
오셨고 결국 나는 그날 선생님의 중재로 반 친구들이
보는 앞에서 그 아이에게 사과해야 했다. 그저 나의 어린
시절 이야기일 뿐이지만 똥개에 대해서라면 늘 나는 그
사건을 먼저 떠올리게 된다. 나의 사랑스러운 뽀삐에게
그렇게 무례한 그 녀석에게 되려 내가 사과해야 했다니.
꽤 오래전의 일이지만 그때만 생각하면 나는 아직도 조금
억울하고 화가 난다.

두식이는 자라는 내내 자잘한 병치레를 하며 병원을 제집
드나들 듯했고 나이가 들어서도 덩치에 맞지 않게
골골댔다. 우리끼리 웃으며 하는 말로 그간 병원비로 고급
외제차 한 대 정도는 뽑았겠다고 할 정도다. 그에 비해
다정이는 너무나 건강했다. 어릴 때 혼자 흙밭을 뒹굴며
놀다 와서 모낭충염에 걸렸던 것을 제외하고 이렇다 할
병원 신세를 진 적이 없다. 건강하고 씩씩하다. 주인에
대한 충성심은 잘 모르겠지만 자기 집을 지키는 것에 대한
마음가짐은 어떤 경비업체가 와도 손사래를 치고 갈 만큼
철두철미하다. 딱히 훔쳐 갈 것도 없는 집인데 어떨 땐
부담스러울 정도로 집을 지키며 집을 둘러싼 작은 변화
하나까지 열정적으로 내게 알린다.

사실 사람과 함께 사는 개에게 품종은 별로 중요하지
않다. 워킹독으로 사는 것이 아닌 이상 품종보다는 어떤

가족을 만나 얼마나 안정적인 사랑을 받으며 사느냐가 견생의 격을 더 좌우한다. 나는 다정이와 함께 살며 시고르자브종이야말로 정말로 무한한 매력을 갖고 있다는 것을 알게 되었다. 끊임없이 무언가를 요구하고 의존적인 두식이와 달리 우리 집 자브종들은 딱히 뭘 해주지 않아도 늘 활기가 넘친다. 작은 배려에도 무한히 행복한 얼굴로 꼬리를 흔든다. 만약 누군가 개를 키우고 싶은데 어떤 개를 키우면 좋겠냐고 물어오면 나는 망설임 없이 "개는 시고르자브종, 믹스견이지!"라고 대답할 것이다. 성격도 생김새도 모두 제각각 달라 예측 불가능한 면이 없잖아 있지만 시고르자브종들은 누가 뭐래도 굳건하다.

저마다의 세계가 모두 다르고, 깊고, 강하다.

그 심오한 세계를 내게 알려준 나의 똥강아지들 대단해!

그리고 어린 시절 그 친구에게 이젠 정말 당당하게 얘기하고 싶다.

똥개 아니거든!

우리의 견공 1

개를 좋아하는 나에게 개가 맺어준 사람들과의 인연은
더없이 소중하고 특별하다. '공이'와 '더니'가 그렇다.
그 개들은 길에서 고단한 삶을 살 뻔했는데 그러기에는
너무 착하고 영특한 녀석들이었다. 돌이켜 생각해보면
어쩌면 그 둘은 처음부터 그렇게 좋은 가족을 만날
운명을 타고났던 것 아닐까 생각된다. 그리고 나 또한
덕분에 햇살처럼 반짝이는 사람들과 인연이 닿았으니 이
두 녀석을 떠올리기만 해도 입꼬리가 슬며시 올라간다.
살면서 생각만으로도 기쁨이 차오르는 일은 흔치 않은데,
개 때문이라니. 세상에는 개들이 건네주는 의외의 행복도
있다는 걸 알게 해준 대단한 녀석들이다.

공이는 어느 날 마을 호텔 주차장에 나타났다. 어째서
그곳에 있게 되었는지는 모른다. 유기견 보호소로
보내기에는 아직 너무 어렸고, 호텔 사장님의 배려로
주차장 한켠에 묶여 지내게 되었다. 공이는 성격이
밝고 쾌활했다. 사람을 좋아했지만 나대지 않았고 흰
똥개 특유의 강단도 있었다. 주차장은 그나마 공이가
머무를 수 있도록 허락받은 장소였으나 체류 허가가
언제까지일지는 알 수 없었다. 깊은 밤이면 어떤 일이

생길지 모르는 어두운 주차장 한구석에 어린 강아지가
혼자 있을 걸 상상하니 마음이 놓이지 않았다. 호텔
주차장 앞 골목을 지날 때마다 그 작은 강아지의 존재는
내 마음을 무겁게 잡아끌었다.

　　고민하던 나는 나보다 더 많은 개들과 함께 행복하게
살고 있는 이웃 마을의 애견인 선배님들에게 조언을
구했다. 덕천이와 슬기를 입양시키려다가 참패한 전적이
있는 참패전문가로서 조금 더 신중해야 했다. 애견인
선배님들은 그런 나에게 처음부터 끝까지 세세하고
살뜰한 도움을 주었다.

　　조심스럽게 SNS에 강아지의 사연을 올려 입양을
위한 홍보를 시작했다. 사연을 올리자 강아지의
사정을 이미 잘 알고 있던 마을에 사는 이웃분이 우선
임시보호를 해주기로 했다. 일단은 어두운 주차장에서
벗어났으니 마음이 한결 놓였다. 강아지의 임보 엄마
아빠는 이름이 없던 주차장 강아지에게 '와두'라는 귀여운
이름을 지어주고 임보 부모로서 최선을 다해 강아지를
돌봐주었다. 강아지와 함께 있으면 그 시간이 짧든
길든 누구나 정이 들기 마련이라 내내 입양도 고민하는
눈치였다.

　　그러던 외중에 누군가 강아지를 입양하고 싶다는
연락을 해왔다. 마을에서 조금 떨어진 바닷가 마을에
살고 있는 젊은 커플은 명확한 입양 의사를 밝혔고 다음
날 강아지를 데리러 한달음에 마을로 올라왔다. 결국
공이는 아랫마을에 사는 젊은 엄마 아빠에게로 입양을
갔고, 임보 엄마 아빠는 어린 강아지에게는 많다 싶을

완두로 불리던 날들
「단풍사길 산책」

정도로 바리바리 살림살이를 챙겨 공이를 배웅해주었다.
사실 처음엔 생판 모르는 이들에게 가는 것이라 걱정이
많았지만 공이는 자유롭고 창의적이며 소울(soul)이
가득한 엄마 아빠 곁에서 내가 본 흰 똥개 중에 최고의
미견으로 자랐다. 도대체 무슨 방식의 교육을 적용한
것인지 시간이 흘러 다시 만났을 때 공이는 세상 가장
해맑고 부드러운 개가 되어 있었다.

어떤 인연이었는지 공이가 자라서 성견이 된 다음에
우연히 다시 연락이 닿은 공이 엄마는 우리 매장에서
함께 일을 하게 되었다. 즐겁게 일하는 공이의 모친을
볼 때마다 나는 기분이 좋아 웃는다. 옆에서 그런 나를
지켜보는 직원들이 묻는다.

사장님, 그렇게 좋으세요?

나는 대답한다.

그래, 좋다.

건강하고 아름답게 자란 공이를 생각한나. 공이의 모친과
나는, 어두운 주차장 한켠에서 굳건히 자리를 지키다가
우리 둘을 이렇게 만나게 해준 공이 님께 감사해야 한다는
말을 종종 농담처럼 하곤 한다.

178

우리의 견공 2

더니는 어느 날 아침 집 앞 골목길에 나타났다. 그야말로 혜성 같은 등장이었다. 뭉실뭉실 귀여운 털 뭉치를 제일 처음 본 것은 남편이었는데, 그는 마음속으로 '다섯 마리는 절대 안 돼!'를 외치며 갖은 방법으로 개를 쫓아냈지만 개는 바닥에 엎드린 채 꿈쩍도 하지 않았다. 그는 그길로 개를 안고 동네 사진관으로 갔다. 더니는 그곳에서 거의 두 달 동안 지냈다. 사진관의 이름을 따 '비자'라고 불렀는데 우연치고는 희한하게도 개는 껍질을 벗겨낸 비자 열매처럼 아름다운 황갈색의 모색을 하고 있었다.

비자는 너무 귀엽고 사랑스러운 개여서 심봉사가 젖동냥을 해 심청이를 키우듯 다들 사진관을 오가며 번갈아 산책을 시키고 밥과 물, 간식 등을 챙겨주었다. 더욱이 비자는 처음 등장했을 때 생리를 하고 있어서 우리를 조마조마하게 했다. 우리는 사방으로 몰려드는 동네 수캐들로부터 비자를 지키느라 혼비백산했다. 사진관 한켠에서 비자가 출산하는 장면을 상상하며 두려움에 떨었고 비자의 똥배를 만지며 임신이다 아니다 논쟁을 벌였다. 한치 앞을 알 수 없는 개의 운명에 목이 타 매일 밤 사진관에 모여 앉아 맥주를 벌컥벌컥 들이켰다.

기다려도 가족이 나타나지 않자 결국 더 늦기 전에 입양 공고를 올리기로 하고 사진관 조명을 켜고 프로필 촬영을 했다. 사진관 사장님이 찍어준 멋들어진 사진에 구구절절 사연을 담아 SNS에 올렸다. 공이가 어렵게 입양되어 가고 정확히 석 달 후의 일이었다.

입양 공고 글을 올린 지 한참 지났지만 도통 연락이

없었다. 공이는 어린 강아지여서 금세 입양 문의가
왔던 것과 비교하면 성견에 가깝게 자란 비자는 짧은
문의조차 없었고 나는 무주공산 한가운데 서 있는 것마냥
허허로웠다.

입양 공고를 올리고 한 달이 다 되어갈 무렵 처음으로
문의가 왔다. 비자에 대해 이것저것 물어보던 젊은
여성은 며칠 후 늦은 저녁 시간 비자를 보러 남편과 같이
사진관을 찾아왔다. 여자는 결이 고운 하늘색 모직코트를
입고 있었고 남자는 강직해 보이는 눈빛이 인상적인
사람이었다. 한눈에 보기에도 선남선녀인 젊은 두 사람은
어쩐지 여유로워 보였고 둘 다 톤이 너무 낮지도 높지도
않은 좋은 목소리를 갖고 있었다. 나는 그들이 비자를
데리고 갈지도 모른다는 생각에 새로 사둔 켄넬과 처음
입양 공고를 올릴 때 만들어둔 입양키트(쇼핑백에 간식과
약간의 사료와 새 장난감을 넣어두었다.)를 챙겨서 나갔다.

자세를 낮추어 비자와 눈을 맞추고 이야기를 나누는
여자와 달리 남자는 신중하게 개를 살펴보았고 생각보다
큰 개라는 것에 적잖이 당황한 듯 보였다. 둘이 비자를
만지며 살펴보는 동안 사진관 사장님과 남편과 나 우리
셋은 그간 있었던 강아지의 히스토리를 서로 주거니
받거니 열심히 그들에게 브리핑했다. 불편한 긴장이
흐르다 멈추었다를 반복했다. 두 사람은 일단 생각해보고
연락드리겠다는 말을 남기고 돌아갔다.

그들이 돌아가고 한참이 지나서야 우리는 그 커플이
바닷가 마을에서 차린 식당으로 신화처럼 성공한
사람들이라는 것을 알게 되었다. SNS에는 예전에 하던

소박한 식당과 그들의 일상, 성공궤도를 달리는 식당의
사진, 새로운 차를 사고 땅을 사고 집을 짓는 그들의
드라마틱한 몇 년간의 기록이 고스란히 담겨 있었다. 이제
오십 줄에 접어든 사진관 사장님과 남편, 그들보다는
약간 나이가 적지만 절대 젊지 않은 나까지 우리는 약간
망연해했다. 젊은 사장의 사진과 글들을 열심히 보고
있는데, 아무래도 입양은 어려울 것 같다는 연락이 왔다.
빠른 연락을 주어서 고맙다고 답을 하고 생각에 잠겼다.
강아지와 그들의 인연도 정말 여기까지인 걸까.

며칠 후 비자를 보고 갔던 여자가 강아지 장난감과 간식을
사 들고 다시 나를 찾아왔다. 비자를 입양할 순 없지만
괜찮다면 입양을 위해 무엇이든 돕고 싶다고 했다. 남편
몰래 시간을 내서 찾아온 듯 보였다. 우리는 가구 매장의
사무실에 비자를 데려와 앉혀놓고 꽤 오랜 시간 이야기를
나누었다. 그러고 나서 다시 비자를 사진관에 데려다놓기
위해 돌아가는 길이었다.
　　나는 잡고 있던 리드 줄을 건네며 "비자랑 한번
걸어보실래요?"라고 말했는데 여자는 "그래도
돼요?"라고 답하더니 갑자기 그 줄을 잡고 "우리 달릴까?
비자야!" 하며 전속력으로 질주했다. 그런데 잘 달리던
비자가 갑자기 방향을 틀어 오른쪽 밭으로 뛰어 들어갔다.
와장창. 줄이 꼬이고 엉켜서 개와 사람이 함께 공중
부양을 하더니 여자가 바닥에 꼬꾸라졌다. 말릴 새도 없이
순식간에 벌어진 일이었다.
　　옷을 털고 일어나는 여자의 손에서 꽤 많은 양의 피가

흐르고 있었다. 서로 당황하여 어찌할 바를 몰라 하다가
여자는 한없이 어두운 얼굴로 집으로 돌아갔다. 나는
비자의 두 뺨을 만지며 "왜 그랬니. 왜 그랬어. 그때 꼭
우회전을 했어야 했니?" 하고 말했지만 순수하고 맑은
눈망울은 '우회전? 그게 뭐야? 왜? 왜?' 하는 표정으로 날
보고 있었다.

그 일 이후 여자는 연락이 뜸해졌다. 나는 비자의 가족을
찾기 위해 여전히 SNS에 사진을 올리며 사람들과
소통했다. 그중 입양 가능성이 좀 더 있어 보이는 한
가족과 약속을 잡았다. 만나기로 한 가족은 둘째로 들일
강아지를 찾고 있었고 비자가 첫째와 어울릴 수 있는지를
일단 와서 살펴보고 싶다고 했다. 그들과 만나기로 약속이
되어 있던 전날 나는 여자에게 연락을 했다. 입양 문의가
와서 아마도 별일이 없다면 비자는 내일 그 집으로 갈 것
같다고 사실 그대로 알려주었다.
　　여자는 잠시 숨을 고르며 알겠다고 하고는 전화를
끊었는데 잠시 후 다시 전화가 와서 염치없지만 떠나기
전에 하루만 비자를 데리고 있어도 되겠냐고 물었다.
나는 그의 마음을 알기에 고민 끝에 그렇게 하라고 했다.
하지만 내일 약속시간 전에는 꼭 데리고 와야 한다고
당부를 하고 비자를 그 집으로 보냈다. 어쨌거나 오늘 두
달 만에 처음으로 사진관의 차가운 바닥이 아닌 따뜻한
집 안에서 비자가 잠을 자겠구나 생각하니 그간의
긴장되었던 마음이 누그러지는 것 같았다.
　　그런데 다음 날 오전, 약속시간이 다 되어가는데

연락이 오지 않았다. 걱정스러운 마음에 전화를 했더니
여자는 목소리가 깊이 잠겨 있었다. 울먹이고 있는
듯했다. 곧 데리고 오겠다는 얘기를 하고 전화를 끊어서
역시 인연은 거기까지인가 보다 생각했다. 그런데
잠시 후 다시 전화벨이 울렸다. 좀 전보다 한층 더 잠긴
목소리로 그녀는 힘차게 말했다.

　　　허락해주신다면, 비자는 제가 키우겠습니다!

물론 나는 허락했고 만나기로 약속되어 있던 가족에게는
정황을 잘 설명드렸다. 그분들은 아쉬움 속에 흔쾌히
비자의 앞날을 축복해주었다.

비자는 신데렐라가 되었다. 더니(DUNNY)라는 멋진
이름도 받았다. 하지만 더니 엄마는 요즘도 간간이 내게
AS를 요청한다. 나는 비자는 크게 자라지 않을 것이고
(비자의 엉덩이 쪽 털을 당기며) 털
빠짐도 거의 없다고 입이 마르도록
얘기했었는데, 지금 더니는
18킬로가 넘는 크기로 자랐고
아침저녁으로 속사포처럼
털을 뿜고 있다고 한다. 더니
아빠는 자신의 운명을 순순히
받아들이고 유쾌하게 산책을
나가지만 개가 있어서 70%는
좋고 30%는 곤란하다고

말한다고 한다.

　가끔 더니를 만나러 더니 엄마가 하는 카페에 놀러
가면 더니는 오랜만에 만난 내가 반갑다고 내 머리와
옷을 물고 핥아서 나를 개로 만들어준다. 나는 산발이 된
모습으로 더니에게 말한다.

　　　더니야. 엄마 아빠가 만든 성에서 네가
　　이렇게 행복하다면 나는 뭐든 다 괜찮다. 더니야.

두 녀석이 이토록 좋은 가족을 만난 것은 나 혼자의
힘으로 이루어진 일이 아니었다. 개를 사랑하고 개에게
마음과 시간을 아낌없이 내어주는 좋은 이웃들의 도움을
한없이 받았다. 나는 그 두 녀석 덕에 세상에 이렇게 개를
사랑하는 사람이 많다는 사실도 처음으로 알게 되었다.
모든 사람이 힘을 합쳐 두 똥강아지의 등을 힘껏 떠밀어
가족의 품에 안착하도록 해주었다. 아직 개들은 어려서 갈
길이 구만 리긴 하지만 그래도 행복한 견생만이 남았을
것이다.

　두 견공이 꼬리를 곧추세우고 정자세로 앉아 턱을
치켜들고 인간들을 보며 이렇게 말하는 것만 같다.

　　　나로 인하여 너희 인간들이 만났으니
　　　서로가 서로를 이롭게 하거라.

185

동네 고양이

다리가 짧은
미숙이
성장판이 닫힌 거니

바람과 함께 사라진
삼순이의 amour
냉모파탈, 스티브.

겁도 많고
호기심도 많고
깡도 있는 베르맨,
제일 부자네.

이젠 찻길도 건너
다니는 얼룩이
신의 가호가 너와 늘
함께 하길.. 냥멘.

그리고.. 누가 누군지
아직도 모르겠는
꼬리를 보지않으면 알 수 없는
너희들.

가게 주변을 오가는 고양이들은 이전부터 늘 있었던 것 같은데 내가 고양이들의 발걸음을 알아차리기 시작한 것은 비교적 최근이다. 예전에는 내가 고양이를 잘 몰라서인지 고양이도 나도 서로에게 관심이 없었다. 굳이 내가 밥을 챙겨주지 않아도 고양이들은 어리숙한 개들과는 달리 대체로 스스로 자분자분 살아가는 느낌이었다. 고양이는 당돌하고 야무진 생명체들이었다.

어쨌거나 나에게 고양이들은 늘 '지나가는 손님 1' 같은 존재였는데 삼순이가 나타나며 모든 것이 달라졌다. 세 가지 모색이 합쳐져 있어서 우리가 삼순이라고 부르는 이 작은 암컷 고양이도 어느 날 갑자기 나타난 것은 아니었다. 삼순이는 워낙 독립적이고 경계심이 많아서 자기가 내키는 대로 왔다가 어느 날 홀연히 사라지기도 하며 몇 년간 가구 매장 주변을 다녔다.
　　그러던 삼순이가 언제부턴가 눈에 띄도록 자주 드나들기 시작하더니 어느 봄날 가게 앞 세이지 덤불 옆에서 '너희들 나 좀 볼래?' 하고 새초롬하게 앉아 있었다. 그 모습에 감탄해 사진을 찍으며 본격적인 서막이 열렸다. 삼순이는 우리가 출근하는 시간에 맞추어 함께 출석 도장을 찍었다. 미모가 물이 오른다 싶더니 어느 날부터 삼순이의 뒤에 노랗고 덩치가 유난히 큰, 표정 변화가 거의 없는 수컷 고양이 한 마리가 따라다녔다. 늘 매장 주변에만 있던 삼순이와 달리 이 커다란 수컷 고양이는 꽤 먼 거리의 동네 이곳저곳에 출몰해서 우린 그 녀석을 고길동이라 불렀다.

가구매장에 들어온 삼순이

188

삼순이가 임신을 했는지 배가 불러왔다. 한동안은 또
보이지 않는다 싶었는데 다시 배가 홀쭉해져서 돌아와
아침저녁으로 열심히 밥을 챙겨 먹고 갔다. 그러던 어느
날 오후 무렵 삼순이는 당장 오늘 밤의 안위가 걱정되어
보이는 새끼 고양이 한 마리를 데리고 가게를 찾아왔다.
꾀죄죄한 행색의 아기 고양이는 밥을 주어도 잘 먹지
못했고 삼순이는 그런 제 자식을 뒤에서 물끄러미
바라보며 앉아 있었다. 그리고 한동안 자취를 감추었던
삼순이는 다시 혼자가 되어 가구 매장으로 돌아왔다.

　　나는 삼순이를 중성화하기로 했다. 살아 있는 생명을
억지로 잡는다는 것이 그렇게 가슴 떨리는 일인지 나는
몰랐다. 포획틀을 빌려놓고 하루종일 아무 일도 하지
못하고 삼순이를 잡는 데만 온 신경을 쓰다가 가까스로
성공해 병원으로 보냈다. 중성화 수술을 마치고 돌아온
삼순이는 배신감에 치를 떨며 며칠을 코빼기도 보이지
않더니 마음을 고쳐먹고 다시 밥을 먹으러 왔다.
정성스럽게 따준 캔을 통째로 비우고 삼순이는 냥냥냥
소리 내어 흥얼거리며 어디론가 돌아갔다. 밥도 먹지 않을
거라 생각했는데 맛있게 먹고 즐겁게 돌아가는 모습을
보며 나는 한시름 놓았다.

　　중성화도 잘 마쳤으니 길 위의 삶이지만 좀 더
편안하게 살 수 있으리라 생각하니 내 마음도 한결
가벼워졌다. 이제 여유로운 묘생이 펼쳐지리라 생각했다.
콧노래를 부르며 돌아가는 삼순이의 뒷모습을 보며 찻길
잘 건너고 사람 조심하라는 당부의 인사를 전했다.

하지만 며칠 후 퇴근길에 나는 기겁할 장면을 보게
되었다. 이웃집 뒷마당에 엎어놓은 커다란 고무대야
위에 삼순이가 다섯 마리 새끼를 품에 안고 젖을 물리고
있었다. 나는 내 눈을 의심했다. 분명 중성화를 하느라
사흘이나 자리를 비웠었는데…… 눈을 비비고 다시
봐도 그것은 삼순이었다. 갓 낳은 새끼들을 두고 영문도
모른 채 잡혀간 엄마 고양이의 마음이 어땠을지 눈앞이
캄캄했다. 중성화를 하러 간 사이 저 어린 아깽이들은
도대체 누가 돌보았던 것인지 미스터리한 일이었지만
다행스럽게도 삼순이의 품안에서 꼬물거리는 새끼들은
꽤 건강해 보였다.

　　삼순이는 이사할 곳이 마땅치 않았는지 아기 고양이를
물어 나르며 이 집 저 집을 헤매고 다녔다. 며칠 후
퇴근길에 다시 마주친 삼순이는 다리까지 다쳤는지
절뚝거리며 주변을 돌아다니고 있었다. 초췌한 얼굴이
많이 지쳐 보였다. 나는 삼순이에게 이야기했다.

　　　　그렇게 힘들면 새끼들 데리고
　　　　밥 먹으러 우리 가게로 와.
　　　　다 와도 되니까 괜찮으면 와.

다음 날 아침, 믿을 수 없는 일이 벌어졌다. 삼순이가 다섯
마리의 새끼 고양이를 모두 데리고 가구 매장 앞에서 나를
기다리고 있었다. 내 말을 대체 어떻게 알아들은 걸까.
고양이의 언어는 도대체 어떤 방식으로 소통하는 것인지
놀라울 따름이었다. 나는 그날부터 아침저녁으로 고양이

식탁을 차렸다. 직원들까지
다 함께 출근과 동시에
삼순이 가족의 식사 수발을
들어야 했다.

꽁냥꽁냥 잘 사나 싶던
어느 날 온 가족이 허피스에
걸렸는지 골골거리기
시작했다. 삼순이는 얼른
병원에 가서 약이라도 타
오라는 듯 순막이 눈을 반쯤
덮은 애처로운 얼굴로 정자세를 하고 앉아 우리를 빤히
쳐다보았다. 그 뒤에는 꼬질꼬질한 행색의 다섯 꼬물이가
삼순이에게 기대어 앉아 있었다. 시내 동물병원에서
약을 받아 와서 여섯 개의 그릇에 약을 섞고 개별 밥상을
차렸다. 어미 고양이와 다섯 마리 아기 고양이는 일렬로
늘어서 각자의 밥을 먹었다. 다행히 고양이들은 건강을
되찾았고 가게 앞 화단을 제집처럼 드나들며 무럭무럭
자랐다. 손님들은 연신 카메라 셔터를 눌렀다. 세상에
어떤 누가 그런 장면에 마음이 움직이지 않을 수 있을까
싶을 정도로 삼순이네 가족은 그 존재만으로 너무나
사랑스러웠다. 덕분에 우리도 즐거운 나날을 보냈다.
햇살은 청명했고 고양이들은 티끌 없이 아름다운
가을날처럼 좋은 시절이었다.

그리고 겨울이 왔다. 아이스박스를 겹겹이 둘러싸서
겨울집을 만들어주었지만 고양이들에게 겨울은 너무나
혹독한 계절이었다. 어린 고양이들은 손님들이 세워놓은

차의 보닛으로 들어가기도 하고 몰래 가게 안으로도 들어왔다. 아무리 우리가 식사를 챙겨준다 해도 어쨌거나 삼순이네는 길 위의 가족이었다. 매서운 계절을 이겨내야 했고 밤새 어떤 고난이 닥칠지 모르는 생활을 해야 했다.

삼순이 가족은 정말로 비가 오나 눈이 오나 밥을 먹으러 가구 매장으로 왔다. 눈보라가 치는 날 아침에도 한껏 몸을 움츠리고 다 같이 나와 식사를 기다리던 모습은 너무 애잔해서 마음에 아로새겨질 듯했다. 그렇게 한 몸처럼 뭉쳐 다니던 아기 고양이들은 세찬 겨울바람을 이기지 못했는지 겨울의 마지막을 지나지 못하고 하루아침에 모두 종적을 감추었고 단 한 마리만 삼순이와 함께 매일 아침 가게로 왔다. 새끼들 중에서도 늘 제일 앞서 나와 '빨리 빨리! 밥을 차리라고!' 소리치며 우리를 종용하던 깐돌이였다.

삼순이와 깐돌이 모자는 우리의 출퇴근 시간을 기가 막히게 알고 있었다. 언젠가부터 그들 뒤에 멀찌감치 무표정한 고길동도 앉아 있었다. 고양이 시계는 도대체 어느 시계방에서 만들기에 저렇게 일분일초까지 정확할까 싶었다. 삼순이와 깐돌이는 동네 어디엔가 몇 명의 집사를 배치해두고 사는 듯했고 다른 집에서는 또 다른 이름으로 살갑게 불리고 있는 것도 같았다.

나는 '길고양이'라는 말은 별로 좋아하지 않아서 그냥 '동네 고양이'라고 부르고 얼굴을 아는 고양이는 우리가 지어준 이름을 부른다. 손님들이 길냥이냐고 물어보면, 좀 귀찮지만 쟤는 삼순이고 얘는 깐돌이고 저

뒤에 있는 녀석은 고길동이라고 꼭 이야기해준다. 인간과
한집에서 살지 않는 고양이들의 삶이 고단하기만 하다고
생각하지는 않는다. 도시는 각박하지만 여기는 제주도의
시골이고 큰 불행만 비껴가준다면 도시의 고양이들보다
훨씬 좋은 삶이다.

빽빽한 겨울 숲 같은 인간 세상에 사는 나는 봄의
정원에 앉아 있는 고양이의 나날을 바라본다. 따뜻한
햇살 아래 앉아 할짝할짝 제 몸 구석구석을 단장하는
고양이를 멍하게 바라보면 바쁜 인간의 마음도 텅
비워진다. 세상 아무 걱정 없는 고양이의 세상을 바라보는
것만으로 인간은 환기된다. 어째서 무엇 때문인지
정확하게 말하기는 어렵지만 인간은 분명 고양이로부터
위안받는다. 고양이는 그 존재만으로 우주에서 가장
따사로운 생명이 아닐까. 아무튼 고양이가 없는 세상은 그
상상만으로도 정말 너무 별로다.

193

동네 개를 잘 아는 사람

힌둥이 독구 슬기 버꾸버꾸

우주 윌순 호돌이

호순이 미소 빨강개

흰둥이 1 흰둥이 2 초코 이장님개

194

어느 날 동네 부동산 사장님에게서 전화가 걸려왔다. 나는 간만에 걸려온 전화에 동네에 싸고 좋은 땅이 나왔을까 싶어 목소리를 한껏 가다듬으며 통화 버튼을 눌렀다.

그러나 이야기의 요지는 어떤 하얀 개가 사장님의 차를 따라와서 경찰이 그 개의 주인인지 확인하러 부동산까지 찾아왔다는 것이었다. 그래서 그 개의 주인을 찾고 있는데 혹시 그 개가 누구 집 개인지를 아느냐고 물으셨다.

그리고 통화의 마지막에 그분이 했던 말을 나는 잊을 수가 없다.

사장님이 동네 개를 많이 아시니까요.

나는 동네 개를 많이 아는 사람이다. 예전엔 정말 그랬다. 처음 내가 이 마을에 이사 왔을 때만 해도 개들은 묶여 있지 않았고 사람과 섞여서 생활하며 모두 자유롭게 돌아다녔다. 돌아다니는 개를 뭐라 하는 사람도 없어 보였다. 개들은 알아서 사람들을 피해 다니다가 제집으로 가서 밥을 먹고 나와 다시 자기 볼일을 보며 마을 여기저기를 돌아다녔다.

　밤이 되면 마을은 개들 차지가 되었다. 막차가 끊긴 어둑한 버스 정류장 유리박스 안에는 늘 개 한둘이 자고 있기도 했고, 동네 사거리는 낮 동안 마을 교통의 요지였다가 밤이 되면 개들 권력 싸움의 주 무대가 되었다. 한밤중 마을 한가운데 사거리에는 동네에서 서열이 가장 높은 개가 동상처럼 앉아 있곤 했었다. 벌써 10여 년 전의 일이다.

이웃집 강아지
복돌이

196

그 많던 개들은 모두 어딘가로 가고 이젠 동네에 내가 아는 개는 거의 없다. 그새 이주민들이 많이 들어오고 관광객들도 많아져서 개들을 풀어놓고 키우지 말자는 캠페인 현수막이 마을 어귀에 걸렸고, 줄이 풀린 틈을 타 예전처럼 신나게 돌아다니던 개들은 항변의 기회도 없이 유기견 보호소로 잡혀갔다. 이제 개들은 대부분 뒷마당에 묶이거나 사람들 눈에 띄지 않는 곳에서 길러지고 있다.

매일 아침저녁으로 가게에 놀러 오던 호돌이와 제 주인을 지독히도 싫어해 동네를 떠돌던 흰둥이. 어느 날 나타나 바람처럼 사라졌던 윌슨. 얼굴이 제 몸보다 훨씬 크고 귀여운 외모로 관광객을 에스코트하고 다녔던 얼큰이. 동네 이장처럼 마을을 순찰하던 이장님의 늙은 개. 끝도 없이 새끼를 낳았던 만순이와 미소. 키 큰 할아버지가 키우던 버꾸버꾸와 비운의 강아지 독구와 만수르. 이렇게 내가 아는 개들을 추억해보니 아는 개가 참 많기는 많았구나 싶다.
어쩌면 그 당시에는 동네에 아는 사람보다 아는 개가 훨씬 더 많았던 것도 같다. 모두 용감하고 다정한 개들이었다. 그중에는 좋은 가족을 만났더라면 정말로 명견이 되었을 녀석도 있었다. 종이 위에 연필로 썼다가 지워지고 너무나 쉽게 다시 쓰여지는 이름처럼, 늘 보던 개들은 어느 날 홀연히 사라지고 다시 비슷한 모양의 개들이 나타났다. 그런데 정말 그 많던 개들은 모두 어디로 간 걸까.

독구 🌿

우리 동네 희망수견
덕구

누군가가 어떤 식으로든 나를 기억해주는 것은 참 감사한
일이지만 이제는 나도 동네 개를 잘 모른다. 마을길을
오가다가 마을 최고령으로 아직도 열심히 제집을 지키고
있는 덕구를 보며 말한다.

이제 내가 아는 유일한 개는 너뿐이네?
모쪼록 건강하게 오래오래 살렴.

199

우리가 고양이에게 배워야 할
삶을 대하는 태도

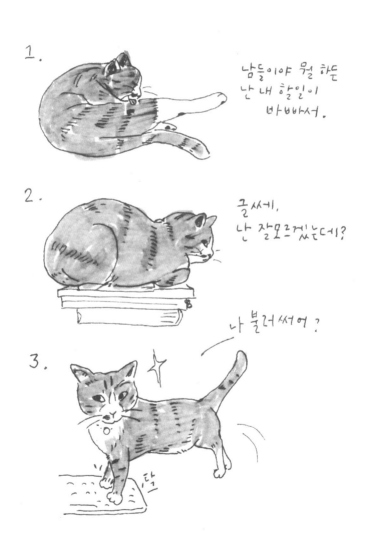

PART 3

다시 부는 작은 바람

203

좋아하는 일을 하고 있습니다

그때 우리는 밤 비행기를 타고 인도로 가는 중이었다.
앞좌석의 등받이 뒤에 설치된 작은 모니터를 보며
이런저런 잡담을 나누고 있었는데 모니터 화면이 촤르륵
넘어가더니 표준시간대를 따라 비행기의 이동 경로를
안내하는 항적도가 펼쳐졌다. 세계지도의 남반구에
걸쳐서는 밤을 표시하는 어둠이 짙게 깔려 있었고
한국과 일본, 중국을 아우르는 동아시아 상공에는 'FAR
EAST'라는 글자가 굵게 표기되어 있었다.

우리는 그 글자를 보며 우리가 살고 있는 섬 제주도와
제주의 동쪽을 떠올렸다. 한라산이 섬의 한가운데 우뚝
솟아 있고 해안을 따라 생긴 마을들이 오밀조밀 이어져
있는 우리가 사는 섬의 풍경도 머릿속에 그려졌다. 우리가
살고 있는 그곳은 아직 개발되지 않은, 제주에서도 더
깊고 더 먼 동쪽의 끝이다. '아, 우리는 지구의 동쪽
끝에서 살고 있구나.' 머지않아 우리가 무언가를 다시
시작하게 된다면 '파앤이스트(FAR & EAST)'라는 이름이
어떻겠냐며 작게 속삭였다.

제주에 내려와 처음으로 낚시를 배웠다. 낚싯대를
드리우기 위해 바다에 가까이 갔다. 그저 멀리서 보면
바닷가 풍경의 한 부분인 방파제 위에 서서 뭍을 바라보니
이전에 보이지 않던 것들이 보였다. 바다는 발아래 지척에
있었고 파란 하늘도 바로 머리 위에 펼쳐졌다. 낮은
집들이 촘촘하게 이어진 어촌 마을의 모습이 정겹다.
새들은 줄을 맞추어 빠르고 정확한 날갯짓을 하며 집으로
돌아가고 있고, 해 질 녘의 마을과 멀리 작은 오름의

선형들이 선명하고 길게 그림처럼 눈앞에 펼쳐져 있다.
눈으로 보고도 믿을 수 없는, 아름다운 제주 동쪽의
서정적인 풍경이었다.

인도로 가는 비행기 안에서 새롭게 시작하는 브랜드의
이름을 지었고, 낚시를 하며 보았던 제주의 바다에서 받은
영감으로 로고를 만들었다. 그리고 도시에서보다는 느린
속도로 천천히 우리의 이야기를 조금 더 정리했다.
    인생 2막. 제주에서 새롭게 시작하는 우리의 브랜드
파앤이스트의 정체성은 그렇게 시작되었다. 지구의 동쪽,
제주의 동쪽에 사는 우리는 우리의 시간과 마음을 담아
우리다운 물건을 만들 것이다. 그 작고 쓸모 있는 것들이
팍팍한 도시에 사는 사람들에게 가 닿아 작은 바람이 되어
분다면 좋겠다.

어쨌거나 제일 중요한 것들은 모두 다 정해졌으니,
    자! 이제 우리는, 우리가 하고 싶은 일을 즐겁게 잘
하기만 하면 된다.
    제주의 먼 동쪽에서.

사 거 리 소 품 가 게

우리는 시골에서 가게를 한다. 가게는 제주도 시골 마을의
사거리 모퉁이에 있다. 아주 오래전에 처음 시작했던
가게는 홍대 미술학원이 모여 있던 길가의 모퉁이에
있었는데, 우리는 모퉁이와 인연이 있는 사람들인 걸까.
암튼 이번에도 역시, 모퉁이다.

　　파앤이스트라는 이름이 있지만 그 이름을 부르는 동네
사람은 거의 없는 것 같다. 동네 사람들은 길모퉁이에
있는 우리의 작은 가게를 사거리 소품 가게라고
부른다. 아침저녁으로 농사용 트랙터나 트럭이 다니는
길목이어서 오가는 사람들 모두 가게를 스윽 쳐다보며
지나간다. 이런 시골에 저런 가게라니. 저 사람들 밥은
먹고 사나 하는 눈치다. 그런데 손님이 온다. 가게는 문을
연 지 5년이 되었고 많이들 걱정해주시는 덕에 밥은 먹고
살고 있다.

도시에서 우리가 하던 가게는 빌딩에 둘러싸여 있어서
문을 열고 안으로 들어오지 않고서는 가게 내부가 보이지
않았다. 그런데 시골에서는 다르다. 주변에 지형지물이
적고 사이트 자체가 넓직해서, 작지만 멀리서도 눈에
확 띈다. 에코백, 돋보기, 열쇠고리, 손수건과 카펫. 7평
남짓한 작은 가게지만 날씨가 선명하게 좋은 날은 가게
안에 진열된 조그만 물건들까지도 훤히 들여다보인다.
어떤 날은 티끌 하나도 보일 정도로 맑아서 도시에서보다
주변을 더욱 잘 정리해야 한다. 아침에 일어나 세수만

겨우 한 수수한 민낯을 누군가에게 그대로 보여주는 것
같지만 그 느낌이 싫지는 않다. 어쨌거나 관심을 받는다는
일은 좋은 것이니 감사한 마음으로 더 부지런하게
정돈한다.

가게는 원래 동네 슈퍼 자리였다. 프랜차이즈 형태의
편의점들이 마을에 들어오기 전까지 주인아주머니가
혼자 운영했던 작은 슈퍼는 쌀과 간단한 생필품을 파는
이 동네의 거의 유일한 상점이었다. 관광객을 상대로
필름도 판매하는지 창문에는 낡은 코닥(kodak) 스티커가
붙어 있었고 문 앞에는 동네 사람들이 사용하던 낡은 커피
자판기도 그대로 남아 있었다.

슈퍼는 드문드문 문을 닫는 날이 많아지더니
언젠가부터 이른 저녁 무렵에도 불이 꺼져 있었다. 문이
닫히자 조금 더 가까이 다가가서 가게를 살펴보았다. 굳게
닫힌 문과 커튼 틈새로 보이는 내부 모습이 정갈했다.
바닥은 반들반들 윤이 났고 새시의 손잡이 하나까지
오래된 세월이 무색하도록 단정했다.

우리는 어느 날 저녁 주인 내외분을 찾아가 그
자리를 빌려 가게를 하고 싶다고 이야기했다. 가업으로
농사를 짓는 두 분에게 우리가 그곳에서 무얼 할
것인지 어떤 물건을 팔 것인지 설명하기란 무척 어려운
일이었다. 우리가 하려는 그 가게가 도대체 무엇인지
우리는 끝내 완벽히 설명하지 못했고 두 분은 완전히
이해하지 못했지만, 간곡한 우리의 부탁에 감사하게도
임대를 결정해주셨다. 기대보다는 걱정이 훨씬 많은
얼굴이었지만.

　　남편은 직접 인테리어를 하기로 했고 나는 가게를
직접 운영하기로 했다. 온전히 둘의 힘으로 도시에서
해왔던 모든 걸 처음처럼, 여기서 다시 시작하기로 했다.

　　사거리 가게의 계약을 마치고 남편은 오래된 슈퍼에
들어가서 남은 짐들을 덜어낸 뒤 여름 내내 혼자서 땀
흘리며 공사를 했다. 그리고 두어 달쯤 지난 어느 날
저녁에 동네 산책이나 하자며 나를 불러냈다. 둘이 함께
터벅터벅 마을길을 나서 가게 쪽으로 걸어갔다. 사거리에
다다르자 어둠 속에서 사거리의 모퉁이를 채우고 있는
우리의 새로운 가게가 눈에 들어왔다. 길 건너편에 서서
가게를 바라보고 있는데 남편은 여기서 잠깐 기다리라고
하더니 쏜살같이 가게로 뛰어 들어갔다. 그를 기다리며
서 있는데 팍 하고 불이 켜졌다. 내내 어두웠던 사거리가
환해졌다. 가게의 창을 통해 사방으로 새어나온 빛이
일순간 사거리를 환하게 밝혔다. 아직 그 안은 텅 비어
있지만 작은 공간에서 퍼져 나오는 환한 빛이 사거리를
가득 채웠다.

　　우린 이제 저 빛처럼 온 마음과 시간으로 저곳을
채워갈 것이다. 홍대 앞에서 아무것도 모르고 처음 가게를
시작하던 젊은 시절 우리의 시간들이 떠올랐다. 이번에
우리는 이 작은 가게 안에 어떤 그림을 그리게 될까.
마음속 깊은 곳에서 미세한 파장이 일었다. 그 빛을 보는
내내 코끝이 시큰거렸다.

헬로 인디아

인도에 처음 갔던 것은 결혼을 하던 그해였다. 남편은
결혼 전부터 종종 인도를 오가며 일을 하고 있었고, 나는
그가 이끄는 대로 인도라는 나라를 처음 가보게 되었다.
팔베개를 하고 길 위에 누워 있던 사람들. 도시를 뒤덮은
매캐한 공기. 클랙슨 소리를 울려대는 차량 행렬 등 처음
델리공항에 도착했을 때 보았던 모든 장면이 손에 닿을 듯
선명한데 그게 벌써 15년 전이라니.

　　지금 우리는 제주에 살면서 인도를 오가며 둘이
함께 일을 하고 있다. 서울과 부산도 아니고 제주도에서
인도라니 과연 이게 말이 되는가 싶지만 우린 제주와
인도를 오가며 꽤 재미있게 일하고 있다. 먼 나라의
거래처 사장님들은 형님 동생이 되어 이제 다들 나이가
들었다며 건강을 걱정하고 서로의 집안일을 살펴 묻는
가까운 사이가 되었다.

어느 날 아무도 예상치 못했던 코로나 바이러스가 온
세상을 뒤덮었다. 우리는 떨어져 사는 가족들을 만나러
마음이 내키는 대로 언제든 갈 수 없고, 마스크를 쓰지
않고는 동네의 작은 가게조차 들를 수 없게 되었다.
인류가 자초한 전쟁 같은 상황이었다. 덮어놓고 너무 많은
것을 소비해온 인간들에게 전달되는 중요한 메시지처럼
느껴졌다.

　　그리고 그 무엇보다 원거리를 가는 여행이 가장
어려운 일이 되어버렸다. 변이 바이러스 전파의 핵심이

되는 지역으로 연일 뉴스에서 인도가 거론되었다. 모든
것을 신에게 맡기고 의식의 흐름대로 살아가는 그들 삶의
스타일을 우리는 너무 잘 알고 있기에 크게 당황스럽지도
않았다. 계절이 바뀔 때마다 이웃 마을처럼 들르던 인도의
몇몇 도시, 10년 가까이 늘 집처럼 묵던 호텔, 갈 때마다
들르던 상점들, 늘 보아오던 친구들이 여전히 그곳에
있는데…… 인도행 비행기 티켓을 끊지 못한 지 2년
가까이 되어간다.

인도를 오가며 오랜 시간 알고 지내게 된 벌비르는 가난한
시골 마을에서 크샤트리아 인도의 전통 종교인 힌두교에 존재하는
계급체계인 카스트 제도의 4성분류 중 2계급 로 태어나 살아왔다. 그는
젊은 날, 매일 아침저녁 걸어서 두 시간 거리의 사원을
찾아가 기도를 하고 집으로 돌아오곤 했다. 그것 외에는
정말로 아무런 할 일이 없어서였다. 젊고 건강했지만
직장을 구할 수도 스스로 할 수 있는 일도 딱히 없었다는
그의 기도문은 좀 더 큰 도시로 가 호텔에서 일을 할
수 있도록 해달라는 것이었다. 그는 그렇게 열심히
기도로 세월을 보내다가 지금은 오랜 바람대로 인도의
소도시에서 호텔 지배인으로 일하고 있다. 언젠가 어렵게
그의 고향 마을에 들렀을 때 그는 자신의 기도를 들어준
그 사원을 꼭 보여주고 싶다며 우리를 제일 먼저 그곳으로
데리고 갔다.
　　그가 매일 소원을 빌었다는 바위산 정상의 사원을
잊을 수가 없다. 물기 하나 없이 바싹 마른 대지 위 불쑥
솟은 바위산 꼭대기에 지어진 남루한 사원은 우리가

보아온 윤택하고 정렬된 종교시설의 모습과는 많이
달랐다. 정말 백 퍼센트 자연 그대로의 모습이었다. 낡은
깃발과 켜켜이 쌓인 향 더미와 돌 틈 아래 수더분하게
놓인 작은 조각상들이 아니라면 누구도 그곳이 사원임을
알아차릴 수 없을 터였다. 바위산 꼭대기의 커다란 돌
아래에는 한 사람이 몸을 뉘어야 겨우 들어갈 수 있는
작은 굴이 있었다. 굴 속에는 촛불이 켜져 있었고 그들이
어머니 신으로 모신다는 헝겊으로 된 인형 하나가 세워져
있었다. 어둠 속에 우두커니 서 있는 인형은 낡다 못해
때에 찌들어 있었다. 사람들은 기원전 이전부터 그곳에
있었다는 남루한 인형에 기도를 바치기 위해 그 바위산을
올랐다. 그 옛날부터 모든 사람이 그렇게 몸을 낮춰 한
명씩 그곳에 들어가 소원을 빌고 있다고 했다. 벌비르는
나에게 말했다.

소원이 있다면 어머니에게 얘기해봐.
들어주실 거야.

그날 내가 무슨 소원을 빌었는지는 기억나지 않는다.
늘 소원은 너무 많고 이루고 싶은 것도 너무 많아 소원의
우선순위를 결정하다가 기도의 시간이 끝나버렸던
것으로 기억한다. 사원을 다녀온 후로 인도를 생각하면
그들의 바위같이 우직하고 지고지순한 그 믿음이 먼저
떠오른다. 애초에 그런 순수한 믿음에 의지하며 살 수
없는 나는 오랫동안 가지 못한 인도를 떠올리며 그 모습과
풍경을 그리워한다.

거대한 바위산 위에 지어진 성 아래, 오래된 시계탑이 있는 시장은 여전히 활기가 넘칠지. 노란색 지붕이 트레이드마크인 오토릭샤들은 오늘도 클랙슨을 세차게 울리며 곡예하듯 시장의 골목골목을 누비고 있을지. 호텔에 매일 오던 얼룩고양이 밀리와 벨보이 산제, 그리고 우리가 아는 인도의 모든 친구들이 안녕하기를. 헬로 인디아. 우리가 사랑하는 그곳의 모든 것이 늘 평온하기를.

216

오래된 가구들

사거리 소품 가게에서 걸어서 1분 거리에는 가구 매장이
있다. 그곳은 축사로 쓰이던 창고였는데 요란한 인테리어
대신 바닥에 삼나무를 깔고 출입문과 창문을 고쳐서
매장으로 사용하고 있다. 처음엔 가구를 보러 오는
손님들에게만 오픈하는 창고형 매장이었지만 조금씩
손을 보고 정리하다 보니 사람들이 하나둘 찾아오기
시작했다. 사거리 모퉁이의 소품 가게 하나만 할
계획이었는데 어쩌다 보니 이 시골에서 가게를 두 개나
하게 된 것이다.

이 가구 매장을 보고 있으면 역시나 우리는 취향이 명확한 사람들이라는 생각이 든다. 남편과 나는 어째서인지 늘 새것보다는 오래된 것, 사람의 손길이 충분히 깃든 것에 시선이 먼저 가 닿는다. 누가 시켜서도 배워서도 아니었고 자연스럽게 늘 한결같이 우리는 그래왔다. 어쩌면 우리의 DNA 안에는 그 정도의 낡음에 반응하고 작동되도록 하는 유전자가 있는 게 아닐까 싶기도 하다. 핸드폰, 카메라, 컴퓨터 등의 전자 제품은 대체로 새것을 사서 쓰지만 그 외 낡은 것에 눈길이 멈추고 누군가의 손때가 묻은 물건도 우리는 늘 거부감 없이 받아들인다.

오래된 물건이라 하면 어떤 사람은 거부감이 들지도 모르겠다. 실제로 서울에서 빈티지숍을 하던 동안 이런 일이 있었다. 가게는 오래된 주택이었고 유럽과 각지에서 가져온 작고 소소한 오래된 물건들이 20평 남짓한 공간에 빼곡히 놓여 있었다. 취향과 기호가 비슷한 많은 사람들이 그 가게를 좋아해주었다. 그러던 어느 날, 한 손님이 가게 문을 열고 들어오며 탄식처럼 내뱉었던 그 말을 나는 잊을 수가 없다.

아, 구질구질해.

그건 결례라고 하기에도 뭣한, 자기도 모르게 진심으로 입에서 나온 말이었다. 그 말을 듣는 순간 나는 알게 되었다. 아, 이 오래된 것들이 누군가의 눈에는 구질구질해 보일 수도 있겠구나. 나는 어떤 깨달음 같은 것을 얻었다. 그리고 그날부터 구질구질함과 오래된

물건들이 갖고 있는 감성의 경계에서 늘 많은 고민을
했다. 세월이 묻은 것일수록 더 단정해야 하고 줄을 맞춰
가지런하게 정돈해야 한다는 강박 같은 것도 생겼다. 자칫
방심하면 순식간에 거미줄이 쳐질 수 있는 물건들이라 더
살뜰히 가꾸어야 한다는 걸 그 고마운 손님 덕에 확실히
알게 되었다.

가구 매장에는 1년에 두어 번 인도에서 가구가 온다.
인도에서 제주까지 오는 데는 준비 기간을 포함해 꼬박
6개월 정도가 걸린다. 가구는 인도에서 부산으로, 다시
부산에서 제주로 온다. 서울이었다면 물류나 유통 등 모든
것이 지금보다 훨씬 수월하겠지만 우리가 제주에 있다는
이유로 가구들도 이 먼 시골 마을까지 온다. 가구들은
진짜 오래된 것들도 있지만 대부분 인도에서는 지금도
사용하는 것들이어서 골동품이라고 하기에는 조금
애매하고, 굳이 정의한다면 '오래된 가구' 정도가 맞을
것이다.
　　은행이나 관공서에서 사용하던 계산대, 우체국의 우편
분류함, 유리로 된 소형 카운터, 장식장과 테이블, 표본용
쇼케이스, 요가 벤치 등 우리에겐 조금 낯선 모양이지만
대부분 용도가 명확한 가구들이다. 카페나 숍 등 매장에
필요한 가구 위주로 컬렉션해오기 때문에 상업적
공간에서 사용하기에 적합하다. 그래서 가구 매장의
고객은 작은 가게나 업체의 사장님들이 주를 이룬다.
제주도의 작은 가게들에 파앤이스트의 가구가 한 점씩
있으면 좋겠다. 과한 자부심처럼 보일지도 모르지만 이

가구들은 우리가 제주에 살고 있기 때문에 여기 먼 곳까지
올 수 있는 것이고 지금이 아니면 만나기 정말 어려운
물건들이기 때문이다.

어쨌거나 이 가구 매장은 우리가 제주에 와서 시작한
파앤이스트라는 브랜드의 결을 보여주는 정수 같은
곳이다. 오래된 가구들이 혹여 어둡고 칙칙해 보일까 봐
실내 식물도 다 함께 살뜰히 키운다. 식물과 가구가
어우러져 서로를 더욱 돋보이게 하고, 햇살이 가게 안으로
쏟아져 들어오는 늦은 오후가 되면 가구들은 세월의
깊이를 담아 찬란하게 반짝인다. 오래되어 윤이 나는
손잡이에, 손때가 정겹게 묻은 모서리에, 켜켜이 쌓여
있는 시간의 여운이 오후의 빛에 투영된다.
     낡은 쇼케이스형 카운터 앞에 서서 작은 유리창으로
지폐를 주고받았을 은행원을 생각한다. 그는 이 작은
창을 통해 얼마나 많은 사람을 만났을까. 드르륵 약장의
미닫이문을 열면서는 이 가구는 어떤 사람과 어떤 시간을
보냈을까 상상해본다. 아무리 보아도 구질구질하지 않다.
그 모든 사람들의 시간이 지층처럼 쌓인 단단하고 깊은
아름다움이다.
     가구는 인도의 각지에서 모인 숙련된 작업자들의 손을
거쳐 작은 부분 하나까지 꼼꼼히 손을 본 다음 한국으로
온다. 배를 타고 인도양을 건너 제주도의 파앤이스트
매장으로 와 잠시 디스플레이되어 있다가 궁극의 자기
자리를 찾아간다. 대부분의 가구들은 먼 여정을 돌고 돌아
원래 자리로 돌아가는 것마냥 꼭 어울리는 주인을 만난다.

오래된 무언가가 새로운 인연을 만난다는 것은 정말로 경이로운 일이다. 어떤 곳은 너무 기가 막히게 잘 어울려서 원래 거기에 있었던 것 같은 착각을 불러일으키는 경우도 있었다. 어쩌면 몇몇은 대를 물려 쓰일지도 모르겠다.

매일 매 순간 새로운 물건들이 쏟아져 출시되고 우리는 지속적인 소비를 한다. 이런 시대에 살면서 굳이 이 오래된 가구를 보기 위해 여기 먼 곳까지 달려와 따뜻한 시선으로 가구를 톺아보며 자기 것을 골라 가는 사람들에게 감사하다. 애지중지 고른 가구를 차에 싣고 웃으며 돌아가는 손님들을 배웅하다 보면 같은 시대에 비슷한 감성으로 살아가는 사람들이 아직은 꽤 많다는 것에 마음이 땃땃해진다.

223

목마르지 않도록

224

가구 매장에는 식물이 많다. 매장의 가구들은 대부분 고재 티크 나무로 만들어져서 자칫 칙칙해 보일 수도 있는데 식물들은 살아 있는 초록의 온기로 그런 걱정을 말끔히 덜어내준다. 작은 화분에 담겨 있지만 매장 구석구석 생기를 불어넣고 해의 움직임에 따라 생각지도 못한 조형을 만들어주니 실내 식물은 우리에겐 너무나 고맙고 소중한 존재다. 매장에 식물이 없는 것은 이젠 상상조차 할 수가 없다.

　식물들도 파는 것이냐는 질문을 많이 듣는다. 그러나 이 식물들은 직원들 모두 시간과 정성을 들여 보살피는 것들이라 돈을 받고 팔 수가 없다. 가급적 식물을 돈 주고 사는 일도 줄이고 싶어서 있는 식물을 최대한 오래도록 키우려고 노력한다. 화분에 넘치도록 잘 키워서 새로운 가지가 차오르면 분갈이를 해 주변 사람들과 나누는 것이 큰 즐거움이다. 애지중지 키운 식물이 건강하게 자라서 제 식구를 늘리고 새 화분으로 이사를 하는 것도 좋지만 누군가와 나눠 가질 때만큼 기분 좋은 일도 없다.

　특별히 값비싼 비료를 주지도 않고 날씨가 좋으면 바람이 잘 드는 창가로 옮겨주거나 해가 움직이는 방향을 따라 화분을 돌려주고 마른 잎을 정리하면서 잎이 서로 부딪치지 않도록 해주는 정도가 우리가 하는 전부다. 하지만 가장 중요한 원칙이 있는데, 적당한 관심, 그리고 목마르지 않게 하는 것이다.

실내 식물은 안온한 실내에 있는 대신 인간의 사소한 부주의로 하루아침에 명을 다할 수도 있다. 겨울철에

냉해를 입어 식물이 죽는 경우가 가끔 있는데 준비할 겨를 없이 밤새 급작스럽게 한파가 닥친 날 창틈이나 문 가까이 놓여 있었다면 냉해를 피할 수 없다. 이런 경우는 찰나의 실수였거나 운이 나쁜 죽음에 속한다. 잠시 일광욕을 위해 내어놓았다가 예기치 않은 바람에 연한 새잎이 부러지는 경우도 있지만 살아 있는 식물은 유연해서 이런 일로 생사를 좌우하는 정도의 치명상을 입지는 않는다.

몇 가지 특별한 경우가 아니라면 실내 식물은 정말로 큰 수고로움 없이 '신기할 정도로' 스스로의 힘으로 잘 살아간다. 실내 식물에게 생명을 좌우하는 위기상황은 대부분 목마름에서 기인한다. 실내에서 사는 식물들은 비를 맞을 수도 없고 아침의 습도를 스스로 머금을 수도 없다. 사람이 주는 물이 생명의 안위를 좌우하므로 어쨌거나 식물을 곁에 두기로 결정한 이상 물을 챙겨주는 인간의 몫을 절대로 잊어서는 안 된다. 내가 주는 물을 먹고 살아가는 생명이 저기 있다는 것을 늘 인지하고 있어야 한다.

지금도 나는 대체로 철이 없지만 정말 철없던 시절이 있었다. 어린 시절부터 동물을 좋아하던 나는 독립해 처음 혼자 살기 시작하면서 무언가 살아 있는 것을 들이고 싶어 안달이 났었다. 어린 강아지를 무턱대고 들였다가 너무 힘들어서 급히 수습한 전력이 있기 때문에 개는 절대 안 되었고, 고양이는 실내에서 함께 살 수 있는 동물인지조차 모르던 시절이었다. 그렇다면 어떤 동물이 좋을까 고민하던 차, 남대문의 재료상 가는 길에 커다란 고무대야에 담겨 있는 거북이를 보았다. 아, 좋다. 비교적 함께 살기 편해 보였고 무엇보다 무심한 듯 익살맞은 그 표정이 맘에 쏙 들었다.

작은 원룸에서 거북이와의 동거가 시작되었다. 세숫대야에 물을 가득 받아 집을 만들고 가끔은 스스로 방 안을 돌아다닐 수 있도록 꺼내주었다. 집 안 어디선가 사그락거리며 다니는 거북이의 느릿한 소리가 좋았다. 특별히 부르는 이름은 없었다. 집으로 돌아와 문을 열면 나는 하루도 빼지 않고 마음속으로 안녕? 하고 녀석에게 인사를 건넸다. 나는 적절하고 조용한 우리의 관계에 흡족해했다. 그렇게 한동안 거북이와의 즐거운 동거는 계속되었고 우리는 어떤 요구 사항도 없이 그렇게 서로에게 적당한 거리로 꽤 오랫동안 잘 지냈다.

여름방학이 되었다. 기말 시험을 마치고 녹초가 된 나는 고향집에 잠시 내려가 있을 생각으로 대충 짐을 싸서 터미널로 향했다. 사실 갈 계획이 없었는데 충동적으로 움직인 터라 제대로 집단속을 해놓고 나오지 못한 것이 마음에 걸렸다.

거북이 괜찮겠지……

사실 제일 먼저 녀석이 떠올랐지만 갈 길을 정했으니 그냥 가던 길을 가기로 했다. 이미 버스는 서울을 떠나 너무 멀리 와버린 터였다. 내려오는 길에 잠시 걱정을 하긴 했지만 집에 도착해서는 거북이는 까맣게 잊고 말았다. 오랜만에 친구들을 만나 수다를 떨고 부모님의 이런저런

집안일을 거들며 엄마가 해주는 따뜻한 밥을 먹고 단잠을
자며 꿈 같은 시간을 보냈다. 서울로 돌아오기 위해
버스를 탔을 때야 비로소, 집에 두고 온 거북이 걱정이
일주일 만에 다시 시작되었다.

잘 있을까? 세숫대야 가득 물을 채워두었으니
괜찮겠지? 오기 전날에 밥도 챙겨주었고
원래 많이 먹는 녀석이 아니니까.

집에 도착할 때까지 혼자서 별의별 걱정을 하다가
현관문을 덜컥 열었는데, 뭔가 기분이 좋지 않았다.
현관에서 신발을 벗으며 거북이가 있는 세숫대야를 먼저
살펴보았는데 제일 꼭대기에 찰랑대고 있던 물선이
보이지 않았다. 발끝을 들어 고개를 내밀고 조심스럽게
안쪽을 내려다보았다. 바짝 마른 세숫대야 안에 거북이의
뒤집어진 배가 보였다. 더 가까이 다가가 보니 마른
물갈퀴가 허공을 향하고 있었다. 거북이가 이곳을 나가기
위해 얼마나 사력을 다했을까 생각하니 밤새 잠이 오지
않았다.
    다음 날 학교 가는 길에 죽은 거북이를 잘 싸서 가방에
챙겨 넣었다. 학생회관 근처 어딘가 나무 아래 묻었던
것 같은데 사실 하도 오래전 일이라 정확히 기억은 나지
않는다. 그 당시에는 죽음이 무엇인지, 내가 한 짓이
얼마나 끔찍한 짓인지 가늠이 되지 않아서, 거북이에게
미안하다기보다는 그런 일이 생긴 인과관계에 한없이
분통해했던 기억이 난다. 아무튼 내가 돌보던 그 거북이는

어처구니없게도 나의 잘못으로, 그렇게 목이 말라서 죽었다.

화분에 물을 줄 때마다 나는 그 거북이를 생각한다. 매일 모든 식물을 살뜰히 챙길 순 없지만 적어도 일주일에 하루 정도는 꼭 시간을 내서 정성을 다해 물을 준다. 철없던 내가 버린 그 생명에 대해 사과하고 또 사과한다. 아무리 사과해도 상대는 괜찮다고 말하지 않는다. 다시 천천히 마음을 담아 살뜰히 물을 흘려준다. 내가 더운 여름 마시는 한 잔의 시원한 물이라 생각하며 이쪽저쪽 최대한 맛있게 준다.

두 번 다시는 목이 마르는 일이 없도록.

BAR 다테야마

출장으로 잠시 오사카에 들렀던 남편과 나는 숙소 주변의 동네를 산책하다가 우연히 칵테일 바를 하나 발견했다. 허름한 목조주택 1층에 자리한 가게의 모습은 한눈에도 범상치 않아 보였다. 아직 문도 열지 않은 오후 무렵이었는데 이곳을 떠나기 전에 그 집에서 꼭 한잔해야 할 것 같았다. 그리고 어쩐지 오사카 사람과 함께 가야 할 것 같아서 우린 그 자리에서 바로 사토미 짱에게 전화를 했다.

사토미 짱. 시간 괜찮으면 오늘이나 내일
저녁에 우리랑 술 마실래? 묵고 있는 호텔
근처에 꼭 가보고 싶은 술집이 하나 있어.

좋아! 오브 코올스.

오랜 친구 사토미. 유쾌한 오사카 사람 사토미는 도예가다. 사토미는 진주에서 황선회도방을 운영하는 언니의 오랜 친구였다. 도예가들의 작가 레지던시 프로그램에 참여하기 위해 한국에 왔던 사토미는 일본어에 능통한 언니와 급속도로 가까워졌고 둘의 친분 덕에 나도 젊은 시절부터 그녀의 소식을 종종 들으며 지내왔다. 이후에 남편과 내가 이사를 온 제주에 사토미의 오랜 친구 몇몇이 살고 있었고, 그렇게 우리의 인연은 제주에서 다시 이어지게 되었다. 우리는 서로가 제주에

오거나 오사카에 가게 되면 연락을 했다. 남편과 나,
사토미는 영어, 한국어, 일본어를 번갈아 쓰며 대화를
나누었다. 고장난 다국어 번역기가 작동하는 것처럼 늘
삐걱대지만 소통에는 문제가 없었다. 게다가 사토미는
누군가를 웃겨야 직성이 풀린다는 오사카 사람이 아닌가.

사토미를 만나 함께 눈여겨보았던 그 바에 갔다. 포럼이
걸린 미닫이문을 열고 가게로 들어서니 턱시도 셔츠를
입은 한 남자가 윤이 나다 못해 광채를 띤 버건디빛 바
카운터 앞에 비장하게 서 있었다. 입구의 입간판에 그려진
모습 그대로였으므로 그가 이 다테야마 바의 바텐더
다테야마 씨라는 건 의심의 여지가 없어 보였다. 첫인상은
비장하고 무뚝뚝해 보였지만 입가에 가볍게 머금은
미소가 어쩌면 생각보다 따뜻하고 싹싹한 사람일지도
모른다는 기대를 하게 했다.
　　그와 조금 떨어진 거리에는 바텐더 보조로 보이는
나이가 지긋한 여성이 함께 있었는데 두 사람의 표정과
행동에서 그들만의 오래된 매뉴얼과 품격이 느껴졌다.
오래된 목조건물과 짙은 나무색의 유럽풍 실내
인테리어도 그들과 잘 어울렸다. 우리 셋은 다테야마 씨와
가장 가까운 바 카운터에 자리를 잡고 앉았다. 쭈뼛쭈뼛
테이블에 앉을 이유가 없다. 칵테일 바라면 자리는 무조건
바 카운터여야 한다.

그는 처음 보는 외국인 손님인 우리가 불편하지 않도록
자연스럽고 세련되게 맞아주었다. 바 카운터에 앉아 그의

立山, BAR TATEYAMA

손끝을 구경하며 그 손으로 만든 칵테일을 홀짝홀짝
마시다 보니 어느새 취기가 올랐다. 우리 셋의 목소리가
바를 가득 채울 무렵 다테야마 씨가 슬쩍 말을 걸어왔다.

제주도에서 오셨나 봐요?

다른 테이블의 손님이 주문한 칵테일을 정성스럽게
만들고 있었지만 그의 시선은 내내 3개 국어로 왁자지껄
대화를 나누던 우리를 향해 있었던 것도 같았다.

네, 제주! 하이, 하이, 제주!

아, 거기 제주도에 유명한 물이 있지 않습니까?
나는 여러 나라의 생수로 칵테일을 만들어봤어요.
에비앙, 볼빅…… 그렇지만 세상의 어떤 물보다
제주도의 그 물맛이 최고였어요. 그 이름이 뭐였더라.
맞다! 산, 다, 수!

우린 이미 취기가 오를 대로 오른 상태여서 예상치 못한
그의 삼다수 이야기에 한껏 흥분했다. 갑자기 방언이
터진 남편이 대화의 주도권을 낚아채는가 싶더니 우리는
제주도의 중산간 삼다수의 수도 관정이 지나가는 마을에
산다고 말했다. 약간 과장된 동작을 섞어 말했지만
어쨌거나 이건 사실이니까. 동네의 예전 이장님이 자신의
이장 재임 시절 마을을 그냥 지나쳐 갈 뻔했던 삼다수
관정을 우리 마을 상수도관에 연결했노라며 늘 자랑처럼

하던 이야기 그대로였다.

　남편의 삼다수 자랑이 아직 끝나지도 않았는데 좀 전까지 바 테이블 앞에 서 있던 다테야마 씨가 갑자기 성큼성큼 걸어 어디론가 가는가 싶더니 얇은 커튼으로 가려진 창고 안으로 들어갔다. 잠시 후 어깨로 커튼을 헤치며 연말 시상식 주인공처럼 의기양양하게 다시 나타난 그의 품에는 투명하고 커다란 500ml짜리 삼다수 여섯 개들이가 안겨 있었다.

　　이것 봐요. 내가 아는 어떤 손님이 이걸 나에게
　　가져다줬어. 나는 이만큼의 삼다수가 있다고.

그때 남편이 질세라 대답했다.

　　헤이 맨~ 우리는 삼다수에 샤워를 하며
　　사는 사람들이라구.

둘의 대화를 들으며 사토미와 나는 박수를 치며 까르르 웃었다. 두 사람의 삼다수에 대한 드립이 계속되자 도미노 게임의 블록이 넘어지듯 옆의 테이블에서 그 옆의 테이블로 웃음이 와르르 쏟아졌다. 삼다수와 제주에 대한 이야기가 밤늦도록 이어졌다.

　낯선 여행지에서의 즐겁고 유쾌한 술자리는 특별한 기억이 된다. 기분 좋게 취기가 올라 이국적인 공간에 좋아하는 사람들과 마주 앉아 있으니 그야말로 낭만이 가득하다. 집에 두고 온 개들, 가게 일들, 우리를 촘촘하게 에워싸고 있던 일상은 완전히 까맣게 잊는다. 그날 우리는 허름하지만 단단한 그 오래된 술집에서 여러 나라의 말과 온갖 나라의 술을 섞어가며 끝없이 수다를 떨었다.

나는 술을 그렇게 좋아하는 편은 아닌데 한국으로 돌아와서도 한동안 다테야마 바에서의 시간이 생각났다. 다테야마 씨는 투박한 듯 섬세한 자신만의 방식으로 바를 부드럽게 리드했다. 오래되고 근사한 칵테일 바에 세월만큼 숙련된 멋진 바텐더라니 완벽한 조합이었다. 한국으로 돌아와 사토미와 국제전화를 하며 삼다수를 챙겨 들고 곧 다시 다테야마 바를 찾아가자고 말했다. 하지만 예상치 못한 바이러스로 인해 고작 두 시간 비행이면 도착하는 오사카는 갈 길이 막막해졌다. 유쾌하고 익살맞던 다테야마 씨는 여전히 오래된 그 가게의 바 카운터에 우뚝 서서 그날 저녁처럼 그곳을 지키고 있을 것이다.

　여행이 다시 시작된다면 제일 먼저 오사카행 비행기를 끊어야지. 짐을 풀고 늦은 점심을 든든히 먹고 해가 어둑해지면 가벼운 차림으로 어슬렁어슬렁 동네를 한 바퀴 돌다가 다테야마 바에 가야지. 바 카운터 아래에서 비장하게 깎은 얼음과 손님이 고른 스카치 위스키를 넣어 다테야마가 만들어주는 하이볼. 첫 잔은 무조건 다테야마 바의 진리, 하이볼이다.

잔 디 인 척

> 놈의 돈하고 검질은 잠을 안 잔다.
> 여름 아멩 덥다 해도 가을에 밀린다.
> 존디라. 혼저 검질 매라.

나는 이 생소한 제주도 말을 동네에서 친하게 지내던
'시애틀 할머니'에게서 배웠다. 할머니는 나만 만나면
시애틀에 사는 아들 이야기를 하도 하셔서 나는 할머니를
그렇게 불렀고, 할머니는 겨우 책 한 권 냈을 뿐인 나를
'작가 양반'이라고 부르다가 급할 때는 '황씨 아줌마'라고
부르곤 하셨다.

　그 할머니는 동네의 다른 할망들과는 좀 달랐다.
언어가 유려했고 활짝 웃는 눈에는 총기가 넘쳤다.
할머니는 원래 바닷가 마을에서 물질을 하던 해녀였는데
이 산골 마을로 시집을 와서 자식을 낳고 농사를 지으며
살았다고 했다. 해녀로 살던 처녀 적에 울산이며 목포
등 육지의 먼바다로 원정을 다녀오던 이야기를 나에게
몇 번이나 해주셨고 나는 매번 재미있게 들었다. 시애틀
할머니를 통해 내가 모르던 제주의 이야기와 내가 사는
동네의 옛 이야기도 참 많이 알게 되었다. 고사리를 따는
시간은 고사리 그림자가 길게 내려오는 오후 4시가
제일 좋다는 것도, 차 없이 걸어 다니던 옛 시절에 마을
사람들은 멀리 보이는 오름들을 나침반 삼아 읍내를
오고갔다는 이야기도, 모두 시애틀 할머니에게 들은
것이었다.

그 말을 처음 들었던 때는 시애틀 할머니가 조금 더 젊었던 8년쯤 전이었던 것 같다. 이제 막 도시에서 제주로 와 멋진 텃밭을 만들고 싶었으나 무성한 잡초에 쩔쩔매던 젊은 육지 사람에게 할머니가 둔 훈수 같은 것이었다. 생전 처음 들은 그 문장은 너무 멋있고 이국적이었다. 인상적인 제주의 명문이 잊힐까 급히 핸드폰 메모장에 저장해두었다가 잡초가 번성하는 봄이면 지금도 가끔 꺼내서 읽어보곤 한다.

집을 짓고 마당에는 잔디를 깔았다. 마당은 그렇게 좁지도 그렇게 넓지도 않은데 봄이 되어 파란 잔디가 올라오면 이상하게 광활해 보인다. 겨울 내내 누렇던 잔디마당은 어느 날 갑자기 '오늘부터 봄이라고 할게.' 선언이라도 하듯 예고도 없이 하루아침에 파랗게 변한다. 늘 바빠서 정원 가꾸는 것을 세심하게 할 수 없는 형편이지만 그래도 틈이 나는 대로 정원을 정돈한다. 이른 아침이나 퇴근 후 저녁에 30분 정도 정원을 가꾸면 마음이 정화되는 느낌이다. 집 주변을 정리하는 것은 마당이 딸린 주택에 산다면 꼭 해야 하는 일이지만, 정원을 가꾸고 내가 가꾼 정원을 보며 매일을 시작하고 마무리하는 것은 정서적으로도 굉장히 도움이 된다.
　　날씨가 좋은 봄가을, 내가 마당에 나와 무언가를 하는 그 시간을 강아지들도 좋아하는 것 같아 나도 좋다. 그리고 내가 몸을 움직이는 만큼 아름다워지는 마당을 보면 단순하고 근본적인 법칙을 지키며 부지런히 살고 있는 것 같아 이 또한 만족스럽다. 이런저런 이유로

마당을 가꾸는 시간은 이젠 내가 좋아하는 일과 중 하나가
되었다. 아침에 일어나 거실창의 커튼을 열며 전날 정리한
마당의 한쪽을 살펴보는 것으로 하루를 시작하는 것은
꽤나 근사하다. 거기에 방금 내린 커피의 향이나 빵 굽는
냄새가 추가되면 안온한 하루가 정말로 활짝 열린다.

이렇듯 마당을 가꾸는 일은 참 좋지만 문제는 잡초다.
이놈의 잡초는 한여름의 모기만큼 무서운 존재다. 잡초는
뽑아도 뽑아도 다시 자란다. 잔디의 잡초를 골라 뽑으며
'잡초는 왜 잡초일까?' 하고 생각한다. 사전에서 잡초라는
단어를 찾아보면 '가꾸지 않아도 저절로 나서 자라는
여러 가지 풀. 농작물 따위의 다른 식물이 자라는 데
해가 되기도 한다.'라고 되어 있는데 이 잡초는 저절로
나서 자랄 뿐만 아니라 도무지 적당한 법이 없다. 보통의
식물은 적정선에서 종자를 퍼트리고 성장과 소멸을
반복하며 자신의 영역을 점거한다.
　　그런데 이 잡초는 가만히 두면 식물계를 독식하고
나아가 온 세상을 잠식할 태세로 번성한다. 특히 잔디에
나는 잡초 때문에 나는 봄이 오기 전부터 가을까지
전쟁을 치른다. 겨울에서 봄으로 가는 잠깐 사이 할
일이 바쁘다고 차일피일 미루었다가는 잔디는 순식간에
잡초밭이 된다. 약을 치면 소멸되는 잡초도 있지만
우리는 집 울타리 안에서는 약을 치지 않는다. 예전엔
아주 가끔 잔디에 약을 치기도 했지만 혹시나 늙고
약해진 개들에게 해가 될까 싶어 몇 해 전부터는 그마저도
그만두었다.

　　외부의 아무런 도움도 받지 않으려면 계속 뽑아야
한다. 잡초는 잔디보다 일찍 나기 시작해서 한여름까지
몇 번에 걸쳐 싹을 틔운다. 어릴 때 솎아내지 않고 잡초의
하늘거리는 꽃을 감상하고 있으면 하엽진 자리에 밑씨가
든 주머니들이 주렁주렁 달린다. 바람에 하늘거리는 잡초
꽃을 뽑기 아까워 구경하는 새 어느 날 씨앗주머니는
사방으로 팡 하고 터지며 축제를 벌인다.

　　잔디정원은 잡초가 은신하기에 정말로 안성맞춤이다.
우리 집 마당에는 대여섯 가지 유형의 잡초들이 있다.
잔디인 척하고 숨어 있는 정말로 꼭 잔디처럼 생긴
잡초도 있고, 잔디와 잔디 사이로 뿌리를 사슬처럼 연결해
최대한 멀리까지 나아가는 잡초도 있고, 뿌리는 작지만
그 위로 우르르 군집해 잔디가 해를 보지 못하도록
방해하는 잡초도 있다. 집 안에 들어온 거미를 쓰레받기에
받쳐서 마당에 살포시 내려주듯이 잡초도 살아 있는
생명이므로 곱게 다루면 좋으련만 그렇게 할 수가 없다.
잔디마당이 있는 사람들은 잡초를 뽑다가 뽑다가 지쳐
내년엔 시멘트를 부어 마당 전체를 메꿔야겠다는 얘기를
농담처럼 한다.

　　하지만 다들 약속이라도 한 듯 봄이 오기 전
골갱이 '호미'의 제주 방언 와 엉덩방석을 들고 마당으로 나간다.
허리를 굽히고 목을 숙여 조용히 잡초를 뽑는다. 새파랗게
잔디가 깔린 정원을 감상하려면 무조건 고개를 숙여야
한다는 것은 만고불변의 진리가 아닐까. 혼저 검질을 매야
한다. 한여름 더위가 꺾이고 가을이 되면 시애틀 할머니의

말처럼 잡초의 기세도 한풀 꺾인다. 잡초에 대한 강박을 잠시 한시름 놓을 수 있으니 가을은 한층 더 여유롭다. 연장들을 정리해 창고에 넣고 겨울을 준비한다. 이젠 겨울방학이다.

내게 잡초를 대하는 방법을 알려주셨던 시애틀 할머니는 시애틀에 살던 아들이 10년 만에 제주로 돌아와 어머니를 위해 고쳐 지은 거짓말처럼 아름다운 집에서 행복하게 지내셨는데, 얼마 전 갑작스럽게 소천하셨다. 나는 잔디마당에서 잡초를 뽑을 때마다 오래전 시애틀 할머니가 내게 해주셨던 말을 되새기며 생각한다.

남의 돈하고 잡초는 잠을 안 잔다.
여름이 아무리 덥다 해도 가을이 온다.

따뜻한 봄이면 삼륜스쿠터를 타고 고사리를 따러 나가는 시애틀 할머니를 동네에서 자주 만나곤 했다. 할머니는 가던 길을 멈춰 오토바이를 세우고 나와 이런저런 안부를 나누다가 헤어졌다. 화사한 웃음으로 작별인사를 하고 손을 흔들며 마을 어귀를 돌아 곶자왈로 들어가던 할머니의 뒷모습이 선연하다. 제주에서 만난 나의 좋은 이웃이 부디 5월의 고사리 숲처럼 평온하고 아름다운 곳에 도착하셨기를.

관광지에 산다는 것

제주는 누가 보아도 아름답다. 이 아름다운 풍광을 보기 위해 수없이 많은 사람이 제주도를 방문한다. 처음엔 우리도 그런 관광객 중 한 사람이었는데 제주에 살게 되면서부터 많은 것이 달라졌다. 처음 우리가 제주로 이사를 간다고 했을 때 제일 많이 들은 말은 제주도 가면 너네 집에 재워주냐는 것이었다. 내가 서울에 사는 동안 서울에 갈 텐데 우리 집에 좀 재워달라고 하는 사람은 한 명도 없었다. 어째서 집이 제주도라고 하면 재워달라는 말부터 하는 걸까. 제주도는 그런 곳인가 보다. 듣기만 해도 마음이 설레서 괜한 소리부터 하게 되는.

입도 초기에 집 공사 현장에서 만난 작업자 중 제주에 내려와 산 지 10년 정도 된 분이 계셨다. 그분은 작업하다 쉬는 시간이 되면 믹스커피를 마시며 우리에게 제주살이 선배로 이런저런 경험담을 들려주곤 하셨는데 그때 들었던 이야기 중에 아직도 생생히 기억나는 한 가지가 있다. 처음 제주를 오면 한 5년 육지 손님 수발을 들고 나서야 본격적인 제주살이가 시작된다는 것이었다. 영문도 모르던 우리는 깔깔깔 웃으며 그의 이야기를 즐겁게 경청했었다. 그게 진짜로 우리의 현실이 될지는 꿈에도 모른 채.

고사리가 올라오는 초봄, 유채가 만개하는 늦봄, 수국이 풍성한 꽃망울을 피우는 초여름, 태양이 작열하는 한여름,

「송당, 마을풍경」
가게 창문 너머로 보이는, 이장님댁 돌창고

억새가 바람에 춤을 추는 가을, 동백꽃이 흐드러지고
여전히 싱그러운 겨울, 계절마다 제주는 빈틈도 없이
빼곡히 아름답다.

육지에서 내려와 제주에 자리를 잡고 사는 사람들은
계절이 바뀔 때마다 손님맞이로 분주하다. 유난히
날씨가 청명한 봄가을이면 집집마다 손님을 치르느라
전쟁터가 된다. 연로하신 부모님이 행차하시면 열 일을
제쳐두고 집 안팎을 세팅해야 하고, 생전 연락이 없던
초등학교 동창이 내가 제주에 살고 있다는 이야기를 전해
들었다며 급작스럽게 연락을 해오기도 한다. 내가 서울에
살았더라도 그랬을까 하고 의문이 들었다. 내가 서울에
산다고 지방에서 가족이나 손님이 오는 경우는 많지도
않았을뿐더러 서울에 사는 우리보다는 다들 대도시를
찾아온 자기 볼일이 우선이었다.

그런데 제주도는 모든 사람이 한결같이 관광이
목적이었다. 아무개를 보러 제주에 온다기보다는 '제주에
사는' 아무개를 보러 오는 느낌이었다. 저마다 다른
사연으로 낭만과 힐링을 원했고 현지에 사는 지인에게
무언가 특별한 것을 기대했다. 잠을 자는 것도 음식을
먹는 것도 심지어 어딘가를 향해 이동하는 경로마저도
우리에게 묻고 또 물었다. 남녀노소를 불문하고 사람들은
섬의 아름다움에 한껏 취해 아이들처럼 마냥 들떠
조금이라도 더 제주다운 자연을 최대한으로 즐기고 싶어
했다. 나는 엄마의 어린아이 같은 모습을 고사리를 따러
간 깊은 곶자왈 속에서 보았고, 아버지의 함박웃음을
월정리의 백사장이 한눈에 내려다보이는 카페에서

보았다. 두 분에게 그런 해맑은 표정과 커다란 미소가
있다는 걸 나는 이전에는 몰랐다. 과연 제주는 힐링과
낭만의 섬이다.

육지에서 오는 손님들은 공항에서부터 이미 저마다
흥에 가득 차 있다. 볼일이 있어 육지로 나갈 때 공항을
둘러보면 그들의 즐거운 에너지가 느껴진다. 목소리의
음조는 종달새처럼 한 옥타브 이상 올라가 있고 평소보다
더 커다란 몸짓으로 이야기를 나눈다. 단체로 관광 온
사람들. 가족, 친구 단위의 다양한 사람들 웃음소리가
공항의 출도착 로비를 가득 채우고 있다. 그래도
늘 사람이 그리운 섬에서 살다 보면 육지에서 오는
손님은 언제나 반갑다. 손님이 오면 그들 덕에 우리도
생전 가보지 못하던 관광지들을 순례한다. 제주는 꽤
큰 섬이라서 동쪽에서 서쪽으로 섬을 횡단하는 것은
웬만한 마음을 먹지 않고서는 어려운 일인데 손님들을
가이드하는 김에 우리도 먼 길을 나서본다.
　　그런데 반가움도 잠시 육지 손님들의 흥에 맞춰
며칠을 보내고 나면 진이 다 빠지는 느낌이다. 가끔
도시에서의 스트레스를 타파하기 위해 비축된 에너지를
모두 소진하고 갈 작정으로 제주에 오는 사람들이 있다.
술과 맛집을 찾아 온 제주를 돌아다니는 손님들과
며칠을 보내면, 아무리 제주도라 해도 우리에게는 일상이
반복되는 장소일 뿐인데 어쩐지 너무한 거 아닌가
하는 생각에 잘 놀고 와서도 마음이 뾰로통해진다.
정말로 정신을 바짝 차리지 않으면 우리의 좋은 계절과

시간이 육지에서 온 손님들과 함께 쓰나미처럼 쓸려
지나가버린다.

나도 관광객이던 때가 있었으므로 최대한 관광객의
입장에서 생각해본다. 낯선 곳에서의 긴장과 함께 기대가
교차하는 감정이 관광객에게는 있다. 나도 그렇게 외국의
낯선 거리를 걸어본 적이 있으므로 낯선 타지에서의
마음은 늘 배려해야 한다고 생각한다.
　　그런데 희한한 것이 제주도에서는 그런 긴장조차
잘 생기지 않는 모양이다. 실제로 그렇게 긴장해 있는
관광객을 만난 적이 거의 없었다. 어째서인지 다들
느긋하다. 편안한 국내 여행지라 그런 걸까. 제주의
바다와 숲이 사람들을 에워싸고 양손에 쥔 모든 것을
내려놓게 하는 마력 같은 것이 있는 걸까. 대부분의
사람들은 무장해제한 상태로 제주 곳곳을 돌아다닌다.
분명 형편없는 음식점인데도 맛집으로 등극하고 다들
그 정도면 됐다는 듯 인파를 따라 줄을 선다. 촌스럽기
그지없는 카페도 호황을 누리고. 예정에 없이 갑작스레
휴무를 내건 식당도 너그러이 이해해준다.

이제 곧 봄이다. 읍내로 가는 길에 유채와 벚꽃이
만발하겠구나. 내일은 어디서 전화가 올지. 올봄엔 또
어떤 손님이 오시려는지. 관광지에 사는 우리의 봄이
올해는 또 어떻게 기록될지 벌써 궁금해진다.

접 객

가게를 하며 참 많은 사람들을 만났다. 짧은 순간 몇 마디 말을 주고받았을 뿐인데도 선명하게 기억나는 사람이 있고, 상대는 나를 기억하는데 미안하게도 나는 전혀 알지 못하는 경우도 있다. 어쨌든 한번 시작한 가게는 계속되고 새로운 만남은 오늘 역시 계속된다.

어느 가게든 문을 열고 들어가면 처음 듣게 되는 말은 "어서 오세요."라는 인사다. 가게의 첫인상을 결정짓는 것은 여러 가지가 있지만 "어서 오세요."라는 인사만큼 높은 비중을 차지하는 건 없다. 손님이 들어올 때 어느 시점에 "어서 오세요."라고 말하는 것이 가장 적절한지를 아는 것조차도 처음엔 쉽지 않았다. 그 타이밍이 조금만 빠르거나 늦어도, 목소리의 톤이 너무 높거나 낮아도, 인사는 그 상황에 묻혀버리고 만다. 모든 것이 적당해야 한다.

그런데 세상에 이 '적당히'만큼 어려운 것이 또 없다. 판매직을 타고난 것 같은 사람이 있는데 그런 이들은 "어서 오세요."가 별다른 노력 없이도 매끄럽다. 나도 꽤 오랫동안 노력은 해보았지만 어쩐지 모든 것이 자연스럽지 않아서 손님을 응대하는 일은 늘 스스로 만족스럽지 못하다. 긴 시간 가게를 해왔지만 손님을 맞는 일은 나의 적성에 썩 맞는 일은 아니라고 판단했고 판매와 관련된 일만큼은 직원들의 도움을 많이 받는 편이다.

246

가게를 하는 사람. 혼자 힘으로 사업체를 경영하는 사람을 우리는 자영업자라고 한다. 사업체의 규모가 크든 작든 업체를 대표하는 사람은 사장님이라고 부른다. 요즘은 대표라는 호칭을 사용하기도 하지만 나 같은 영세 자영업자에게는 어울리지 않는다고 생각해서 누군가 나를 그렇게 부르면 나는 손사래를 친다. 그런 이유로 사장님보다 좀 더 감각적이고 무난한 단어는 없을까 하고 고민해보았지만 딱히 대안이 없어서 오늘도 나는 사장님으로 불리고 있다.

자영업자이자 사장님으로 꽤 오랜 시간 살아가고 있는 나에게 접객은 필수이며 하루에도 수십 번 "어서 오세요."와 "안녕히 가세요." "감사합니다."를 말하며 새로운 사람들과 대화를 나눈다. 처음 만나는 사람이라 해도 내 가게의 문턱을 넘어 들어왔으니 최소한 우리와 비슷한 취향의 소유자라 생각하면 늘 반갑다. 진상 손님에 대해서는 가게를 하는 사람들 사이에서도 간간이 회자되고 간혹 특별한 이야깃거리가 되기도 하는데, 우리 가게에도 그런 손님이 없다면 거짓말일 테지만 어째서인지 진상 손님은 금세 잊힌다.

반면 좋은 손님들은 오래도록 기억에 남아 있다가 불현듯(주로 양치질할 때나 잠들기 직전) 팟 하고 떠오른다. 좋은 손님은 냉장고 문 앞에 붙여놓고 보고 또 보고 싶은 손편지 같은 사람들이다. 마음이 흐트러질 듯하면 기억 저편 어딘가에서 나타나 흐트러지려는 마음을 다잡아준다. 금세 잊혀지는 진상 손님과 달리 좋은 손님들은 오랜 시간 동안 보이지 않는 곳에서

247

힘을 실어주고 사람과 부대끼며 힘들었던 기억을
어루만져준다.

흔하지는 않지만 몇십 년에 걸쳐 가게를 운영해온
사람들을 만날 때가 있다. 그들은 하나같이 시간을
허투루 쓰지 않고 필요한 만큼의 에너지를 상황에 맞게
사용한다. 그들을 보면 선대에서부터 훈련된 DNA가 몸속
어딘가에 있다는 느낌을 지울 수 없다. 인간의 감각은
성장기 이전부터 형성된다고 믿는 나는 아무리 특별한
방식의 교육도 나고 자란 어린 시절의 환경을 넘어설 수는
없다고 생각한다. 대를 이어 오랜 시간 하나의 일을 해온
사람들은 소박하지만 기품과 여유가 느껴진다.

  우리는 우리가 좀 더 근사한 사람이 되기를 바란다. 내가 좋은 손님이 되려면 우선 좋은 손님을 만나본 경험이 있어야 한다. 접객 경험이 있다면 더할 나위 없이 좋다. 그래서 나는 새로운 직원이 들어오면 어떤 업무를 맡든 어쨌거나 접객부터 우선 하라고 말한다. 디자인을 하든 매장 관리를 하든, 손님 응대는 기본 중의 기본이라 생각한다. 진짜 자신의 결에 맞는 일을 정하는 것은 그다음에 해도 늦지 않다. 사람이 사람을 만나는 것은 이 세상을 움직이는 힘의 기초이며 사람을 대하는 것을 충분히 경험한 사람은 인생을 살며 뭐든 해낼 수 있는 무한 동력을 얻는다. 좀 더 세련되게 격식을 갖추고 자기만의 스타일을 찾는 것도 언젠가는 해야 하겠지만 한번 접객을 경험하고 나면 그다음의 산은 어떤 형태이든 쉽게 넘을 수 있을 것이다.

일생의 인연이 될 좋은 손님들이 스스로 문을 열고 걸어 들어오는 곳이라니. 매일 아침 간판을 내다놓아야 하고, 월말이면 정산을 해야 하고, 분기별로 골치 아픈 세금 신고도 신경 써야 하는 번거로움이 조금은 있지만, 자신의 취향이 조합된 가게야말로 젊은 시절의 하루하루를 차곡차곡 채워 아름답게 쌓아올린 언덕이 된다. "어서 오세요." 인사하며 팔베개를 하고 그 언덕에 누워 흘러가는 양떼구름을 올려다보는 상상을 해보자.

노안

멀쩡하던 눈이 어느 날 갑자기 침침해지기 시작했다.
당혹스러움을 감추지 못하다가 병원을 찾았다. 다른
건강상의 이상 신호는 아니며 이젠 돋보기를 써야 할 때가
되었다고 의사는 말했다. 영양제를 챙겨 먹고 운동을 하고
한 시간 간격으로 초록초록한 풍경을 보고 할 수 있는
모든 일을 다 해보아도 가까운 모든 것은 점점 뿌옇게
보였다. 나이가 많은 선배들에게 물어보았지만 별다른
해답 없이 "그거 원래 그런 거야."라고 대답했다. 누구도
이렇다 할 해결책을 알려주지 못했다.

아, 아직 읽지 못한 책이 많은데.
그리고 싶은 것들도 많고.

어쩔 수 없이 활자가 크거나 얇은 책들을 집어 들게 된다.
요즘 트렌드를 알려주는 힙스터들의 매거진은 하나같이
깨알처럼 작은 글자로 되어 있어서 중간 정도 보다가
늘 내려놓고 만다. 그림을 그리는 방법도 자연스레 좀
더 간결한 쪽으로 바뀌었다. 몇 년 전부터 계속되어오던
노안이 이제는 가속도가 붙었다. 누워서 무언가를
끄적거린다는 것은 불가능에 가까운 일이 되었고. 그제야
문득, 엄마의 바늘귀에 실을 꿰어주던 일이나 함께 장을
보러 가서 식품 안전문구나 유통기한을 대신 챙겨봐주던
일이 생각났다.
이런저런 묘책을 궁리하다가 안경을 맞추기로 했다.

250

부푼 기대를 안고 초점이 맞지 않는 문제를 해결해줄 난시 교정용 안경과 가까이 있는 책과 모니터 화면을 또렷하게 볼 수 있는 돋보기 안경을 맞추었다. 해가 강한 제주도에선 늘 써야 하는 선글라스에도 난시 교정을 위한 도수를 넣었다. 한순간에 안경이 세 개가 되었다. 결과는 참담했다. 사물을 보는 것은 눈에 띄게 개선되지 않았고 살림만 더 거추장스러워진 느낌이었다. 돋보기 안경은 도무지 적응이 되지 않고 다시 의기소침해져서 눈도 마음도 두 배로 피곤해졌다.

가게에서 파는 물건 중 단연 베스트셀러인 것이 있다. 돋보기다. 몇 년 전 처음 만들어 팔기 시작했는데 사실 당시 돋보기는 나에게는 관심 밖의 품목이었다. 나보다 나이가 조금 더 많은 남편의 권유로 만들게 되었는데, 장난감처럼 조그만 돋보기를 가방에 넣어두었다가 스윽 꺼내서 쓸 수 있다. 나이가 있는 여성분들은 "어머, 우리 이제 이거 필요하지 않니?" "세상에 우리가 언제 이렇게 됐니?" 하며 서로 호호호 웃으며 수줍게 돋보기를 사 가신다. 주 고객은 여성분들이므로 가방 속에 보관하기 좋도록 파우치도 만들었다. 그 작은 돋보기를 처음 팔기 시작한 건 몇 년 전인데 지금껏 계속 인기가 많은 것은 지금 이 순간에도 누군가는 조금씩 나이 들어가기 때문이 아닐까 하는 생각을 해보았다.

오하시 아유미라는 에세이스트를 좋아한다. 세대를 초월해 일본 여성들에게 굉장히 인기가 많은 작가다.

그녀는 오랜 세월에 걸쳐 글과 그림을 자유자재로 담백하게 표현하는 한편, 자신만의 브랜드를 내걸고 나이 들어가는 삶과 어우러진 제품들을 만들어 두터운 팬층을 확보하고 있다. 무라카미 하루키의 단편에 그녀가 그린 세련된 판화들이 한국에 소개된 적이 있다. 82세 생일을 자축하는 사진을 직접 SNS에 올리기도 하는 등 여전히 현역에서 활동하며 젊은이들과 소통한다. 나이가 무색할 정도로 유쾌하고 활력이 넘친다.

그녀가 《스무(住む)》라는 인테리어 잡지에 연재한 에세이 중 한 편이 생각났다. 어느 날 아침에 알람시계가 울려도 잘 듣지 못하게 되었고 남편의 배려로 잠에서 깨어 이런저런 변명을 해보지만 사실 그 모든 것은 귀의 노화 때문이라는 에피소드로 시작되는 글이었다. 아주 오래전에 사전까지 뒤져가며 읽었는데 당시엔 전혀 공감할 수 없었던 내용이라 그런가 보다 하고 말았다. 왜 문득 그 글이 기억났을까. 나는 아직 귀는 잘 들리지만 보는 데 불편함이 생기기 시작하는 나이가 되었다. 나이가 들어 생기는 변화는 전혀 예상하지 못했던 것들이라 깜짝 놀라게 된다. 도무지 익숙해지지 않는다. 나보다 나이가 훨씬 많은 선배님들이 이 글을 읽으신다면 "허허. 아직 젊은데 뭘 그러나. 이제 시작일 뿐이야, 이 친구야." 하고 웃으실지도 모르겠다.

시간이 흐를수록 게슴츠레해지는 눈으로 이 글을 쓰고 있다. 나이가 몇 살이 되어도 볼 수만 있다면 무엇이든 쓰고 무엇이든 그리며 살고 싶지만, 나이 든다는

것을 본격적으로 느끼고 있는 요즘의 나는 이 정도의
일만으로도 걱정이 태산 같다. 예전의 나처럼 아직 눈이
멀쩡한 젊은 분들은 절대로 이런 글에 공감할 수 없어
아마도 '응? 이게 무슨 소리람?' 하고 흘려보고 말 것이다.
하지만 내가 그랬듯이 언젠가 '아, 그 말이 이거였구나!'
하고 무릎을 탁 치는 순간이 오게 될 테니 더 가열차게
눈을 혹사하며 살기 바랍니다. 보고 읽고 쓰고 그리는
일을 평생의 직업으로 세상을 살아가시는 모든 분들께
존경과 파이팅을 보냅니다. 어쨌거나 모두에게 공평하게,
오늘이 우리들의 가장 젊은 날이 될 테니까요.

254

휴일엔 숲으로

우리 가게는 일주일 중 수요일 하루를 쉰다.

도시에서야 수요일은 주말을 향해 달리는 정점에 있지만 제주에서 수요일은 주중 가장 한가한 날이다. 일단 육지를 오가는 비행기 티켓의 가격이 가장 저렴하다. 상점들도 문을 닫는다. 사람들이 많이 오지 않으니 가게들이 쉬기 시작한 건지 알 수 없지만 어쨌든 제주의 수요일은 섬 전체가 여유롭다. 그래서 우리도 이날 하루는 가게 문을 닫고 쉰다. 우리끼리는 '수휴일'이라고 부른다.

수요일이 되면 천천히 일어나 부스스한 아침을 최대한 만끽하며 미뤄두었던 집안일을 조금 한 후 강아지들을 모두 데리고 숲으로 간다. 산책은 매일 하는 일과지만 쉬는 날의 산책은 어째서인지 훨씬 더 여유롭다. 앞만 보며 걸어가던 길의 옆과 위와 아래를 본다. 길을 벗어나 숲으로 조금 더 걸어 들어간다. 아아! 하고 나무에 부딪혀 울려 퍼지는 내 목소리를 듣는다. 숲의 작은 부분들까지 지긋한 눈으로 바라본다.

시간은 천천히 흐른다. 정말로 바쁜 일이 없는 수요일이라면 계절의 변화를 느끼기에 더없이 좋다. 봄이면 짙은 초록 위에 덧대어진 새로운 초록을 보며 감탄하기도 하고 숲을 지나며 미뤄두었던 이야기들을 나눈다. 우리가 느리게 걷는 시간만큼 강아지들도 실컷 냄새를 맡으며 촘촘한 발걸음으로 걷고 있다. 사람도 개도 통, 통, 통, 소리가 날 만큼 경쾌하게 땅을 밟는 수휴일이다.

256

쓰쓰가무시에 걸리다

전염병은 아닙니다
*약은 있어요
독시 사이클린

2알

←진드기 先生

어느 가을날이었다. 머리가
깨질 듯 극심한 두통에
시달렸는데 한쪽 팔이 같이
저려와 움직일 수가 없었다.
그저 몸살 기운 정도로 생각해
두통약을 털어 넣으며 하루를
보냈다. 마침 그날은 읍내에
볼일이 있어서 지끈거리는 머리를 부여잡고 나갔는데
시간이 지날수록 오한이 심해지는가 싶더니 몸뚱이가
물을 머금은 솜뭉치처럼 무거워져 땅속으로 꺼질 것
같았다. 볼일을 보고 집으로 돌아오는데 버스를 올라 타는
작은 동작조차 힘에 겨워 호흡을 가다듬어야 했다.

감기몸살치고는 유별나다 생각하며 한 걸음 한 걸음
힘겹게 집으로 돌아왔다. 남편은 출장 중이어서 달리
도움을 요청할 만한 곳도 없었고 저녁도 먹는 둥 마는 둥
겨우 잠을 청했다. 어디가 어떻게 아픈지도 모를 통증에
시달리며 밤새 뒤척였다. 으슬으슬하던 정도의 오한은
새벽이 되자 뼈마디가 시큰한 느낌이 되었다.

이러다간 죽겠다 싶어 다음 날 아침 눈을 뜨자마자
곧장 큰 병원으로 향했다. 진료실에 들어가 증상을
설명하는데 일단 윗옷을 좀 벗어보라고 해서 우물쭈물
셔츠를 올렸다. 옷은 왜 벗으라고 하는 거야, 생각하고
있는데 의사 선생님이 내 목덜미를 잡아채며 소리쳤다.
"여기 있다!"

쓰쓰가무시라고 혹시 아십니까?

네에?

뉴스에서 보셨지요? 시골 어르신들이 잘
걸리는 병이라 보통 젊은 사람들은 잘 걸리지
않는데 숲이 가까운 시골에 사시나 보네요.

의사가 나의 목덜미에서 찾은 것은 진드기에 깊게 물린
상처였다. 숲이 가깝지는 않지만 어쨌거나 최근 의심이
갈 만한 일들이 많았으니 뭐라 할 말이 없었다. 나는
쓰쓰가무시병에 걸렸다. 당시 한창 채집 생활에 열을
올리던 나는 매일 가게를 마치고 해거름에 동백숲으로
갔다. 직접 동백기름을 짜겠노라 포대에 담아 온 동백
열매를 부지런히 까서 마당에 너는 일에 열중해 있었다.
나의 노동력으로 채취해 온 동백 열매들이 광주리에
수북이 담길 때마다 예전엔 경험한 적 없는 야릇한
성취감에 빠져들었다. 다양한 모양의 대나무 광주리에
담아서 한껏 멋을 부려 사진을 찍고 마른 이파리들을 후후
불어 걸러내며 동백 열매의 모양과 색의 경이로움에 푹
빠져 있었다.

결국 며칠을 40도가 넘는 고열에 시달리다가 얼굴과
온몸에 열꽃이 피더니 얼굴은 할머니처럼 늙어버렸다.
믿을 수 없는 거울 속의 내 모습을 보고서야 나는 마음을
먹었다. 수렵과 채집은 필요한 만큼만 하기로. 무엇이든

자연으로부터는 내가 먹을 딱 그만큼만 수확하기로.
혹독한 수업료를 내고 그제서야 나는 세상의 기본적인
이치를 또 하나 알게 되었다.

쓰쓰가무시 같은 건 조금만 조심하면 걸리지 않습니다.
가을에는 진드기의 활동이 가장 활발하고 강력합니다.
추위가 오기 전에 매개 활동을 더 활발히 하기
때문이지요. 특히 가을을 조심하세요. 풀이 발목을
덮는 곳에서 활동을 해야 한다면 진드기 기피제를
사용해주세요. 야외 활동을 한 후에는 잘 털고 집으로
돌아가세요. 꼼꼼히 구석구석 잘 씻습니다.
　　원하는 식재료가 있다면 가급적 사 드세요. 채집
생활은 추천하지 않습니다. 어설프게 접근하다가는
혹독한 대가를 치르게 될 수도 있거든요. 이상 제주에
살며 쓰쓰가무시에 걸린 어설픈 사람의 변이었습니다.

259

취미는 낚시

집에서 차로 15분 정도 거리에 바다가 있다. 마을에서
읍내로 내려가는 내내 멀리 바다가 보인다. 처음에 저
멀리에 있던 바다는 읍내가 가까워질수록 점점 다가온다.
한치잡이 배들이 낭창낭창 어등을 밝히고 있는 여름밤.
수평선 위로 환하게 불이 켜진다. 후텁지근한 바닷바람의
냄새를 맡으며 달콤하고 미끄러운 계절의 맛을 떠올리던

내가 그 바다에 낚싯대를 드리우고 집요하게 찌를
바라보며 입질을 기다리고 있다. 인생은 놀라움의
연속이다. 세상에. 내가 낚시를 하게 되다니.

친구들은 모두 서울에 있고 일가 친척 하나 없는
섬에서 이 사람 저 사람을 사귀어보아도 여의치 않던
제주 이주 초급반 시절이었다. 나이트 라이프가 없는 시골
생활에 적응이 되지 않아 해가 지면 허허롭게 방황하던
남편은 어느 날 바닷가 마을에 사는 형님을 따라 낚시를
다녀오겠다고 했다. 저녁을 일찍 챙겨 먹고 해가 질 무렵
나간 남편은 늦은 밤이 되어야 돌아왔다. 그리고 며칠이
지나자 통 가득 물고기를 담아 오기 시작했다. 불러도
오지 않기로 유명한 고양이가 현관까지 버선발로 나가
그를 맞이했다. 개들도 격하게 꼬리쳤다. 음. 뭐지? 덩달아
나도 흥이 났고, 잠자던 개 고양이들이 우루루 달려
나오는 열렬한 환대를 나도 한 번쯤은 받아보고 싶었다.
그렇게 낚시는 시작되었다.

한라산이 멀리 보이는 방파제 위에 서서 캐스팅하는
법을 배웠다. 어설프게 낚싯대를 던지고 얼마쯤 시간이
지났을까. 쾌청한 날씨에 넋을 놓고 수면을 바라보며
서 있었는데 물속에서 작은 파장이 일었다. 본능적으로
낚싯대를 들어 몸 쪽으로 당겼다. 은빛 지느러미를 단
화려한 모양의 물고기 한 마리가 짧게 요동치며 허공을
날아오르더니 내 앞에 몸을 뉘었다. 순간적으로 일어난
일이었지만 심장이 들썩이는 소리가 귓가에 들릴 듯
가슴이 뛰었다. 무슨 일이 일어났던 건지 도무지 기억이

나지 않는데 나는 분명 무언가를 잡았다. 옆에서 지켜보던 남편이 한달음에 달려와 내 발치에 누워 있는 물고기를 보며 소리쳤다.

이런! 감성돔이야!

놀란 마음을 추스르며 고기를 물통에 담아놓고 다시 미끼용 새우를 하나 집어 들었는데 손끝이 파르르 떨렸다. 그렇게 입질이라는 것을 처음 맛보았다.

어쩌다 잡았는데 잡고 보니 또다시 무언가가 잡고 싶어졌다. 며칠 후 다시 낚싯대를 들고 같은 장소로 나갔지만 모든 것이 내 뜻대로 되지 않았다. 열망은 더욱 단단해졌다. 나는 다음 날 2권짜리 바다낚시 교본을 사서 밑줄을 치며 읽기 시작했다. 낚시를 위한 기본적인 준비와 채비 방법, 바다에서 낚시로 잡을 수 있는 물고기의 종류와 실전 매뉴얼이 빠짐없이 적혀 있는 꽤 두꺼운 책을 정독하고 완독했다. 인터넷을 뒤져 전국 각지의 조사님들이 친절하게 올려둔 각종 매듭법을 찾아 짬짬이 연습하고, 일과가 끝난 저녁 시간엔 서둘러 강아지들 저녁밥을 챙겨주고 바다로 갔다. 그렇게 나는, 아니 우리는 갑작스레 낚시에 푹 빠졌다.

우리는 한 가지 약속을 했다. 가게가 열려 있는 시간. 그러니까 직원들이 일하는 시간과 손님들이 가게를 들르는 시간 동안은 낚시를 가지 않기로 했다. 가게 마감은 저녁 6시니 부지런히 서두르면 저녁 낚시는 충분히 할 수 있었다. 그리고 그렇게 정한 규칙 덕에 우리는 낚시를 하며 해 지는 제주 동쪽 바다의 석양을 참 많이도 보았다. 해 질 녘의 수면 가까이에 이렇게 다채로운 아름다움이 있다는 것도 그때 처음으로 알게 되었다. 숲이 가까운 중산간 마을에 살다 보니 읍내에 나갈 일이 있어야 겨우 바다를 보는 정도였던 우리는 그제야 제주의 바다를 제대로 만끽하기 시작했다. 각각의 포인트에 따라 한라산이 보이는 방향과 풍경이 달랐다. 우리는 낚시를 시작하며 제주의 진짜 바다를 발견했고 매번 감탄했다.

　낚싯대를 던지려면 바다에 최대한 가까이 가야 했다. 갯바위와 방파제, 간조 시간 동안 물이 빠진 먼바다. 그곳에는 우리가 평소 보지 못했던 많은 것이 있었다. 계절마다 하늘빛도 다르고, 물이 들어왔다 나가는 시간마다 존재하는 것들도 모두 달랐다. 물질을 하기 위해 몸을 던진 해녀들의 숨비소리도 바로 곁에서 들렸고 운이 좋은 날은 바다를 활주하는 돌고래 떼를 만나기도 했다. 문을 열어 새로운 세상을 들여다본 것마냥 모든 것이 신기했다. 지는 석양을 보며 낚시를 하다가 해가 완전히 저물어 어둠이 깔리면 그 속에서 듣는 짙은 파도 소리는 마치 살아 있는 생명이 내는 것 같았다. 한밤이 되어 낚시를 마치고 집으로 돌아오는 길엔 오늘도 아름다운 바다를 원없이 보았다는 벅찬 감동이 있었다.

다른 무엇보다도 낚시를 하면 아무 생각이 없어진다. 낮 동안 정신없이 바쁜 시간을 보냈어도 해가 저무는 바다를 보고 서 있으면 모든 것이 멈춘다. 낚싯대를 던진다.

물속에 놓아둔 찌를 보고 바다를 보고 하늘을 올려다본다.
머릿속의 파장들이 멈춘다. 점처럼 작은 생각들은 선이
되어 수평선 위에 놓인다. 머릿속 가장자리를 조금
떠돌다가 일렁이던 생각들이 파도의 작은 포말과 함께
사라진다. 머릿속이 텅 하고 비워진다.

내일은 뭘 해 먹을까?
저 배는 어디로 가는 거지?

멀리 수평선을, 그 위에 얹힌 마그리트의 그림 같은
새털구름을 보다가 서툴게 미끼를 문 아직 어린 작은
물고기를 다독이며 바다로 돌려 보낸다.

고기 가방을 들고 집으로 돌아오면 부스스 잠이 깬
고양이와 강아지들이 우르르 문 앞까지 마중을 나온다.
번번이 빈 가방으로 들어가긴 영 멋쩍어서 뭐든 잡으려고
애를 썼다. 많이 잡아서 우리 식구들을 섭섭하지 않게
먹이고 앞집 개 옆집 고양이들도 배불리 먹였다.

그런데 이토록 멋진 낚시는 언제든 내가 원할 때 할 수
있는 일상적인 취미 생활이 되긴 어려웠다. 낚시는 정말로
모든 것이 허락해야 할 수 있다. 일단 시간이 충분히
있어야 하고 아무리 하고 싶어도 날씨와 상황과 물때가
맞아야 한다. 무엇보다 고기가 있는 장소와 시간에 내가
있어야 한다. 이제는 너무 바빠져서 예전처럼 낚시를
갈 수는 없고 운이 좋으면 1년에 한두 번 할 수 있을까

말까다. 할 만큼 했기에 아주 가끔 낚시를 가도 이젠 전혀
조바심이 나지 않는다. 바다에 찌를 던져놓고 고개를 들어
멀리 수평선을 한번 지긋이 바라보고 다시 흘려둔 찌를
보며 생각한다.

살면서 내가 하고 싶은 것이 있다면
할 수 있을 때 후회 없이 즐겁게 실컷 하자.
낚시처럼.

학 꽁 치 와 블 록 프 린 트

무더운 여름이 지나고 가을이 오면 제주의 날씨는
그야말로 환상이다. 여름내 기승을 부리던 모기도
잠잠해지고 춥지도 덥지도 않은 날씨가 한동안 계속된다.
가을에는 학꽁치가 풍년이다. 학꽁치는 무리 지어 다니며
성미가 급해서 학꽁치 떼가 수면 가까이 올라오면
그것만큼 쉬운 낚시도 없다. 날씨가 좋은 가을날 채비를
잘해서 낚싯대를 던지면 양동이 가득 채우는 건 일도
아닐 만큼 학꽁치 낚시는 수월하다. 게다가 가을에 잡아
잘 손질해서 냉동실에 넣어두면 두고두고 먹을 수 있으니
학꽁치는 그야말로 일거양득의 생선이다.

  가을날 학꽁치 낚시를 하려고 갯바위에 올라서면
선명해진 계절의 풍광이 손에 닿을 듯 가까워진다.
학꽁치 떼가 온다. 가을 햇살이 수면에 닿아 반짝이고
잔물결 아래 은빛 물고기들이 떼 지어 헤엄친다. 청명한
가을날 옥색 바다에서 건져 올리는 은빛 물고기. 학꽁치
낚시는 감성을 자극하는 무언가가 있다. 작은 형광등
필라멘트처럼 반짝이는 물고기를 가득 잡은 날엔 아무리
피곤해도 꼭 일기를 쓰고 잔다. 뭐라도 기록해두어야
나중에 후회하지 않을 거라 생각하며 어린아이마냥 한
글자 한 글자 꾹꾹 눌러 적는다.

  학꽁치의 계절이다. 바야흐로 가을.
  빛나는 바다에 가득한 은빛 물고기.

266

영감이 사라지기 전에 간단한 스케치도 조금 해둔다.
아무리 두 손에 꼭 움켜쥐어도 먼지처럼 스르르 사라져
버렸던 많은 영감을 기억하며 마음을 다잡고 의자를 바짝
당겨 앉아 펜을 든다. 학꽁치 한 마리 한 마리를 고기 통에
담듯이 종이 위에 정성스럽게 옮겨 담는다.

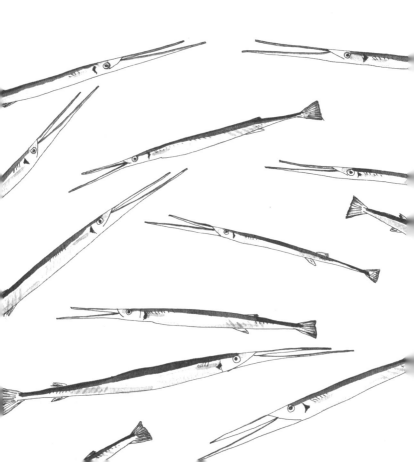

나는 가을 낚시에서 건져 올린 학꽁치 그림 몇 개를
골라 인도 출장길에 챙겨 갔다. 인도에는 우드 블록
프린트(wood block print)라고 하는 오래된 인쇄기법이
있다. 원하는 그림을 나무 도장에 새기고 그 도장에
물감을 묻혀 천이나 종이에 찍어 패턴을 만드는 방법인데,
굳이 분류하자면 목판인쇄의 한 종류쯤 될 테지만
활자보다는 그림이나 문양을 인쇄하는 데 주로 쓰인다.
블록 프린트는 이제는 인도에서도 옛날 방식이지만 많은
패브릭 제품들이 여전히 이 공정으로 만들어져 전 세계의
사랑을 받고 있다.

　블록 프린트를 위한 첫 번째 과정은 패턴을 찍을
나무 도장을 조각하는 것에서 시작한다. 나무 도장을
깎는 사람들이 모여서 사는 마을에는 티크 나무의
묵직한 냄새가 골목마다 가득하다. 집집마다 쪼그려
앉아 망치질을 한다. 한 사람 한 사람 모두가 장인이다.
연장이래봤자 손때가 묻어 반질거리는 나무망치와 작은
못 몇 개가 전부인데 사람들은 그 조악한 도구들로 단단한
티크 나무를 요리조리 파 블록을 만들어 낸다.

　인도 사람들의 손끝은 유연하다. 요가 때문인지 알
수 없지만 어쩐지 온 국민이 유연한 느낌이다. 운전도
잘하고 바느질도 잘하고 다양한 재료를 이용한 조각과
만들기에 능수능란하다. 손으로 밥을 먹어서인지 손으로
하는 모든 것에 다재다능한 인도 사람들을 볼 때마다
'핸드메이드'라는 말의 기원은 어쩌면 인도에서 시작된 게
아닐까 싶다.

가져간 학꽁치 그림을 건네주니 생전 처음 보는 물고기의
모습이 흥미로운 모양이다. 블록을 깎는 손이 경쾌한
리듬으로 움직인다. 내가 그린 그림을 누군가가 나무
위에 얹어 덧그리고 그걸 자분자분 깎아 블록을 만드는
과정을 지켜보는 것은 감동적이었다. 학꽁치의 길고
뾰족한 주둥이와 동그랗고 조그만 눈동자, 보타이처럼
작고 짤막한 꼬리가 나무에 새겨진다. 하얀 천을 펼쳐놓고
인도에서 정성스럽게 깎아 가져온 우드 블록을 찍어본다.
수면을 올라와 낚시가방에 담기듯 학꽁치가 한 마리 두
마리 펼쳐놓은 천 위에 모습을 드러낸다.

28, Dec. 2016 [BLOCK PRINT]

핸드메이드의 사전적 정의는 손으로 만드는 물건이라는
뜻이다. 일일이 사람의 손을 거쳐야 하므로 만드는
과정에는 늘 제약이 뒤따르고 대부분 오래된 방식을 통해
만들어지기 때문에 많은 시간을 필요로 한다. 요즘 세상의
속도와 대체적으로 맞지 않아 훌륭한 핸드메이드의
공정들이 빠른 속도로 소멸하고 있다. 하지만 그 결과물은
경이롭다. 대량으로 생산된 공산품과는 제품의 밀도부터
확연히 다르다. 고품질의 핸드메이드 제품은 최종

소비자에게 만든 이의 손끝의 감각과 온도가 고스란히 전해진다.

　폭삭한 종이와 푸슬푸슬한 연필의 촉감, 보드라운 헝겊과 물에 적신 색깔.

　우리는 양손에 디지털 디바이스들을 쥐고 살지만 인간은 부드럽고 따뜻한 것, 궁극에는 담담하고 고요한 자연으로부터 위안받는다. 가을날 제주 바다에서 잡아 올린 나의 학꽁치 그림과 그로부터 만들어진 블록 프린트 패턴을 보며 나는 오늘도 그렇게 믿는다.

필로스 앤 소피아

어쩌다 나는 이 시골 마을에서 작고 작은 물건을 파는
잡화점을 하게 되었을까 하고 생각하면 번뜩 그 이유가
떠오르지는 않는다. 다만 결혼하기 전 연애하던 시절에
남편이 늘 말하던 상상 속 가게가 하나 있었다. 아무래도
그것이 우리의 출발점이 된 것 같다. 그 시절을 떠올리면
너무 오글거려서 입이 잘 떨어지지 않지만 그래도 우리가
지금의 이 가게를 하게 된 기원과도 같은 이야기니까 한번
해보기로 한다.

결혼하면 우리 둘의 취향을 조합한 가게를 하고 싶다던
그는 필로소피(philosophy)라는 단어를 좋아해서 가게를
한다면 그 단어의 그리스어 어원을 딴 이름이 좋겠다고
했다. 필로스 앤 소피아(philos & sophia)는 그 뜻대로라면
사랑과 지혜를 포함하는 정도가 될 텐데 어찌 생각하면
나는 필로스이며 너는 소피아라는 말처럼 들릴 수도
있어서 굉장히 민망스러웠다. 그의 설명에 따르면 필로스
앤 소피아는 영국의 작은 시골 마을을 배경으로 한
동화에나 나올 듯 선반마다 두 사람의 취향이 오밀조밀
보태진 작은 물건들이 빼곡히 들어차 있는 아담한
가게였다. 그는 자신의 상상 속 가게의 모습을 나에게
조곤조곤 설명하고 나는 조금은 뜬금없을 수도 있는 그의
이야기를 경청하고 있었다. 돌이켜 생각해보면 가게의
이름도 이름이지만 어떻게 그렇게 서로가 다정할 수
있었는지 사랑이 충만한 좋은 시절이었다고 회상한다.

OLD LITTLE THINGS!

272

우리가 처음 만났을 때 나는 나이 서른을 갓 넘겼고 그는 삼십대 후반이었다. 나는 대학에서 순수미술을 전공하고 작품 활동에 매진하며 살고 싶었지만 새로운 것을 배우는 것도 좋아했고 다방면으로 관심이 많아서 여러 일을 하며 자유로운 젊은 시절을 보냈다. 그러던 중 안착해도 될 법한 디자인 회사에 정규직으로 채용되었으나 조직문화에 적응하지 못해 수습 기간을 다 마치지 못하고 그만두었다.

그 일을 마지막으로 나는 프리랜서 디자이너로 일하기 시작했다. 당시 나는 큰 고민 없이 자유로운 나의 삶에 꽤 만족하며 살고 있었는데, 상업 공간의 인테리어 디자이너로 일하던 그를 만나 연애를 시작했고 연애 초반 그가 건넨 제안에 마음이 살짝 움직였다. 두 사람의 취향을 조합한 가게라면 나쁘지 않겠다는 느낌이 들었다. 어쨌거나 우리는 연애를 하는 동안 그가 이야기한 상상 속의 가게, 필로스 앤 소피아에에 대해 짬짬이 생각하다가 시장과 노포를 돌아다니며 각자의 취향에 대해서 알아가기 시작했다. 그러다 우리는 결혼을 했고 얼마 지나지 않아 정신을 차리고 보니 그의 상상 속 작은 가게와 비슷한 곳에 우리 둘이 함께 있었다.

그날 이후로 우린 뭔가를 끊임없이 해왔고 둘이 함께 굴려 움직이기 시작한 바퀴가 멈추었던 적은 없다. 형태는 조금씩 달랐지만 우리는 늘 무언가를 하고 있다. 그의 상상 속 작은 가게. 필로스 앤 소피아는 홍대의 '엣코너'가 되었다가, 마당이 딸린 집을 빌려주는 아름다운 독채

펜션 '엣코너제주'가 되었다가, 이젠 제주도 동쪽 마을
사거리의 화룡정점(스스로 이렇게 말하기 머쓱하지만
사실인 걸 어쩌랴.) '파앤이스트'가 되었다. 아무리
세상이 온라인을 중심으로 돌아간다고 해도 우리는
손님이 가게로 들어와 물건을 직접 볼 수 있어야 한다는
주의이므로 필로스 앤 소피아로부터 시작된 이 이야기는
계속될 것이다.

　　<가만 있으면 되는데 자꾸만 뭘 그렇게 할라 그래>라는
장기하의 노래가 생각난다. 특히 남편은 잠시도 가만
있지를 못한다. 지금은 가게라기보다는 우리의 취향을
담은 브랜드를 만들어 우리만의 결을 다듬어가는 중이다.
우리가 하고 싶은 디자인을 하고 그 물건을 만들고 싶은
만큼 만든다. 제품을 만들고 매장을 꾸미면서 작은 것
하나에도 우리의 스타일을 표현하기 위해 세심하게
신경을 쓴다. 우리가 무엇을 하든 응원해주고 따뜻한
시선으로 지켜봐주는 오랜 고객들도 꽤 많고 몇 명 안
되지만 오랫동안 함께해온 정예 직원들이 있다. 비록 시골
마을에 있지만 도시와는 다른 생기가 있고 만나는 사람은
더 다채로워졌다.

가게에는 그날의 날씨와 분위기에 맞는 음악이 잔잔히
흐르고 있다. 좋아하는 물건을 발견하고 반가워하는
사람들. 누군가에게 선물이 될 물건을 정성스럽게
포장하는 직원들. 작은 가게에서의 하루가 다정하게
채워진다. 가게도 문을 닫고 밤이 깊어지면 쇼윈도에 켜둔
작은 불빛이 시골 마을의 사거리를 은은하게 밝힌다.

우리가 처음 만난 순간, 필로스 앤 소피아의 쇼윈도 펜던트 조명 아래 30촉 전구의 불이 딸깍 켜졌다. 그 빛도 언젠간 꺼지겠지만 우리가 건강하게 일할 수 있는 동안은 우리 둘의 세계와 함께 세상 속으로 부드럽게 퍼져 나가지 않을까.

빛나는 아침 바다, 광치기 해변

각자 원하는 달콤한 꿈을 꾸고
내일 또 만나자

1판 1쇄 펴냄 2022년 11월 11일
1판 2쇄 펴냄 2023년 7월 10일

글·그림. 황의정

편집. 김지현, 정예슬, 황유라
교정교열. 안강휘
디자인. 워크룸
미술. 김낙훈, 한나은, 김혜수, 이미화
마케팅. 정대용, 허진호, 김채훈,
    홍수현, 이지원, 이지혜, 이호정
홍보. 이시윤, 윤영우
저작권. 남유선, 김다정, 송지영
제작. 임지현, 김한수, 임수아, 권순택
관리. 박경희, 김도희, 김지현

펴낸이. 박상준
펴낸곳. 세미콜론
출판등록. 1997. 3. 24. (제16-1444호)
    06027 서울특별시
    강남구 도산대로1길 62
대표전화. 515-2000
팩시밀리. 515-2007
편집부. 517-4263
팩시밀리. 515-2329

ISBN 979-11-92107-73-8 03810

세미콜론은 민음사 출판그룹의
만화·예술·라이프스타일 브랜드입니다.
www.semicolon.co.kr

트위터. semicolon_books
인스타그램. semicolon.books
페이스북. SemicolonBooks
유튜브. 세미콜론TV